VERLORENE RUINE

TREASURE HUNTER SECURITY
BUCH 3

ANNA HACKETT

Verlorene Ruine

Copyright 2024 by Anna Hackett

Aus dem Englischen übersetzt von Nathalie Hopper Translation

Umschlaggestaltung: Mayhem Cover Creations

Bildquelle: CJC Photography

ISBN (ebook): 978-1-923134-13-3

ISBN (Printversion): 978-1-923134-14-0

Originaltitel: Unexplored

KAPITEL EINS

Gott sei Dank war dieser beschissene Tag fast vorbei.

Sydney Granger betrat ihr Büro und wollte eigentlich nichts lieber tun, als endlich ihre hohen Absätze abzustreifen. Ihre schmerzenden Füße brachten sie fast um. Sie seufzte. Aber sie hatte noch jede Menge Arbeit zu erledigen, bevor sie endlich in ihr Apartment zurückkehren und sich bei einem Glas Wein entspannen konnte.

Sie ließ sich in den schwarzen Ledersessel hinter ihrem polierten, glänzenden Schreibtisch sinken. Das Treffen mit dem Vorstand war ... nicht gut gelaufen. Sie massierte ihre pochenden Schläfen. Es war erst zwei Monate her, dass sie das Amt des neuen CEO von Granger Industries übernommen hatte, und die Vorstandsmitglieder waren deswegen immer noch nervös. Alles, was sie in ihr sahen, war die reiche Erbin, die ganz allgemein in der Geschäftswelt und speziell in der Immobilienbranche und im Bauwesen völlig unerfahren war.

Sydney zuckte mit den Schultern. Sie war es gewohnt, dass man sie unterschätzte.

Sie drehte sich in ihrem Ledersessel und starrte einen Moment lang auf die leuchtenden Lichter von Washington, D.C. Von hier hatte sie einen ganz hervorragenden Blick auf die große Kuppel des Kapitols. Sie kannte D.C. – sie war hier geboren und aufgewachsen –, aber sie war noch dabei, sich in ihrem neuen Job zurechtzufinden. Und hinter verschlossenen Türen fragte sie sich insgeheim, ob sie es jemals schaffen würde.

Als sie wieder zurück auf ihren Schreibtisch blickte, sah sie die Akten, die ihre Assistentin fein säuberlich in einer Ecke gestapelt hatte. Dann schaute sie auf ihren Laptop. Sydney wusste, sobald sie ihn öffnete, würde sie eine Menge E-Mails zu bearbeiten haben. Ihr Glas Feierabendwein schien in weite Ferne zu rücken.

Was solls ... um diese Zeit war niemand mehr hier, also löste sie ihre Haarklammern. Niemand sollte mitbekommen, wie der neue CEO sich im Büro entspannte. Die blassgoldenen Strähnen fielen ihr bis auf die Schultern.

Ihr Blick fiel auf das gerahmte Foto, das in einer Ecke ihres Schreibtischs stand. Es war ein Foto von ihr, zusammen mit ihrem Vater und ihrem Bruder. Es war erst vor ein paar Jahren aufgenommen worden, und sie alle grinsten fröhlich in die Kamera. *Warum zum Teufel hast du mir die Firma überlassen, Dad?* Noch vollständig unter Schock stehend über den plötzlichen Tod ihres Vaters war sie absolut fassungslos gewesen, als man ihr mitteilte, dass er ihr den Löwenanteil seiner Firma vermacht hatte. Ihr Bruder Drew hatte ebenfalls Anteile geerbt. Drew hatte einen astronomisch hohen IQ und wusste wahrscheinlich viel mehr über die Geschäftswelt und die Firma als sie. Aber Sydney wusste auch, dass ihr sozial unbeholfener Bruder trotz all seiner Brillanz eben kein versierter Geschäftsmann war.

Aus irgendeinem Grund hatte ihr Vater gewollt, dass *sie* Geschäftsführerin von Granger Industries wurde.

Gott, sie vermisste ihn. Seitdem ihre Mom gestorben war, als Sydney gerade einmal zehn Jahre alt gewesen war, hatte es nur noch sie drei gegeben. Trauer und Schuldgefühle machten sich immerwährend in Form eines nagenden, hohlen Schmerzes in ihrem Inneren bemerkbar. Aber Sydney ließ sich das nicht anmerken. Sie war inmitten der feinen Washingtoner Gesellschaft aufgewachsen und war deshalb verdammt gut darin, ihre Gefühle zu verbergen. Bei den vornehmen gesellschaftlichen Anlässen warteten so viele Leute nur auf das kleinste Anzeichen einer Emotion, um sich wie Geier darauf zu stürzen und Klatsch zu verbreiten. Sie erinnerte sich an die unaufrichtigen Gesichter und leeren Worthüllen nach dem Tod ihrer Mom.

Sydney lehnte sich in ihrem Stuhl zurück. Die CIA sollte ihre Agenten einfach auf Gesellschaftspartys und Galerieeröffnungen trainieren. Dann hätten sie die besten Pokerfaces der Welt. Sie berührte den Rahmen des Fotos. War es wirklich schon zwei Monate her, dass ihr Vater bei dieser Explosion ums Leben gekommen war? Terroristen hatten es auf einen ausländischen Diplomaten abgesehen, der im selben Hotel abgestiegen war, und ihr Vater war von der Explosion einfach miterfasst worden.

„Es tut mir so leid, Dad.“

Jetzt saß Sydney also hier, vertieft in ihre Arbeit bei Granger Industries. Drew, der mit dieser Situation nicht zurechtkam, war nach Südamerika verschwunden. Sein neuestes Interesse galt der Geschichte und Archäologie. Ihr Bruder hatte eine ganze Reihe von Abschlüssen – sie seufzte –, aber er blieb nie lange bei einer Sache. Letzten Monat hatte er noch davon gesprochen, ein Online-Tech-Unternehmen zu gründen. Nächsten Monat ... wer wusste das schon? Vielleicht würde er da Rennfahrer werden wollen?

Sydney rieb sich erneut die Schläfen. Sie musste Berichte lesen, Dokumente unterschreiben und sich auf die morgigen Sitzungen vorbereiten. Sie bemühte sich, aber im Moment fühlte sie sich, als ob sie ertrinken würde. An den meisten Tagen schaffte sie es kaum, den Kopf über Wasser zu halten.

Das musste besser werden, aber da war eine kleine Stimme in ihrem Hinterkopf, die ihr mit viel Schadenfreude zuflüsterte, dass sie versagen würde. Schon wieder. Diese Stimme erinnerte sie gern daran, dass sie ihren letzten Job vermasselt hatte ... und dass andere den Preis dafür bezahlt hatten. Sie warf wieder einen Blick auf das Foto ihres Vaters, und ihre Kehle schnürte sich zu.

Das Klingeln des Telefons auf ihrem Schreibtisch ließ sie aufschrecken. Sie runzelte die Stirn. Es war spät. Wer könnte um diese Zeit hier noch anrufen?

Sie schnappte sich den Hörer. „Sydney Granger.“

„Ms. Granger, hören Sie zu und reden Sie nicht."

Die elektronisch verfremdete Stimme ließ sie erstarren. „Wer ist da ...?"

„Still. Das Leben Ihres Bruders hängt davon ab."

Sydneys Hand krampfte sich um das Telefon. „Was ist mit Drew?"

„Wir halten Ihren Bruder in Peru gefangen. Wenn Sie ihn lebend zurückhaben wollen, kommen Sie nach Lima und überweisen uns vor Ort fünf Millionen Dollar, um seine Freiheit zu erkaufen. Wir melden uns wieder bei Ihnen."

Was? Ihr Herz begann zu pochen. *Bleib ruhig, Sydney. Halte ihn am Reden. Sammle so viele Informationen wie möglich.* „Woher soll ich wissen, dass das kein Scherz ist?" Sie blickte wie erblindet aus dem Fenster, die Lichter der Stadt waren auf einmal nur noch verschwommen. „Ich will mit ihm reden ..."

„Ich stelle die Forderungen, nicht Sie. Mein einziger Beweis: Ich gehöre zur Seidenstraße."

Die Leitung war tot.

Sydney legte den Hörer mit zittriger Hand auf. Seidenstraße? Wer zum Teufel war die Seidenstraße?

Sie hatte erst vor ein paar Tagen mit Drew gesprochen. Da war es ihm noch gut gegangen – er war sogar ganz aufgeregt gewesen, denn er hatte gesagt, er sei einer alten Prä-Inka-Kultur auf der Spur. Er hatte Museen besucht, sich mit Archäologen vor Ort getroffen und davon gesprochen, in die Anden zu gehen. Außerdem hatte er von den Ruinen geschwärmt, die er aufsuchen wollte, und von all den Nachforschungen erzählt, die er darüber schon angestellt hatte.

Aber trotz seiner erstaunlichen Intelligenz war ihr Bruder auch ein wenig unbeholfen im normalen Leben. Es wäre so einfach, ihn zu entführen.

O Gott. Wenn diese Leute ihm etwas antaten, Drew war alles, was Sydney noch hatte.

Sie zwang sich durchzuatmen. *Denk nach, Sydney.* Hatte das etwas mit ihrer früheren Tätigkeit zu tun? Diese war streng geheim gewesen. Keiner ihrer Freunde oder ihrer Familie hatte von ihrer Arbeit gewusst. Für die Öffentlichkeit war sie lediglich eine feine Dame der Washingtoner Gesellschaft gewesen, die sich hauptsächlich für Designerkleidung, schicke Partys und Ausstellungseröffnungen interessierte.

Schnell klappte sie ihren Laptop auf und loggte sich ins Internet ein. Sie gab als Suchbegriff Seidenstraße ein.

Ein paar Minuten später lehnte sie sich in ihrem Stuhl zurück, und das Grauen breitete sich in ihrem Bauch aus. Es gab nicht viele Informationen, aber was sie erfahren hatte, klang nicht gut. Die Seidenstraße schien ein gefährliches Schwarzmarktsyndikat für gestohlene Antiquitäten zu sein. Ansonsten war darüber nicht viel bekannt, außer dass die Organisation großzügig finanziert, gut vernetzt und skrupellos war.

Noch etwas anderes erregte ihre Aufmerksamkeit. In den letzten Monaten war die Seidenstraße mehrfach mit einer privaten Sicherheitsfirma aneinandergeraten, die auf die Sicherung von archäologischen Ausgrabungen, Expeditionen und Museumsausstellungen spezialisiert war: Treasure Hunter Security, THS. Sie legte den Kopf schief, als sie den blumigen Namen las. Es schien, als hätte diese Firma die Seidenstraße übertrumpft – gleich zwei Mal.

Sie gab einen weiteren Suchbegriff ein und fand die Website von Treasure Hunter Security.

Die Sicherheitsfirma hatten ihren Sitz in Denver, arbeiteten aber überall auf der Welt. Sie blätterte durch die Website und verharrte bei einem Foto, das drei Männer zeigte – alle in khakifarbener Kleidung mit Holstern –, die Schulter an Schulter standen. Declan und Callum Ward waren die Inhaber des Unternehmens. Ehemalige Navy SEALs, und so wie sie aussahen, waren sie knallhart und zweifellos fähig. Ihr Blick fiel auf den dritten Mann, der neben ihnen stand. Er war etwas größer und ein wenig breiter als die Ward-Brüder, hatte wildes, langes, braunes Haar und einen schroffen Gesichtsausdruck. Er sah aus wie ein Mann, mit dem man sich nicht anlegen sollte.

Ihr Blick wanderte zurück zum Foto auf ihrem Schreibtisch und blieb am lächelnden Gesicht ihres Bruders hängen. Ihr Magen drehte sich um.

Sie musste Drew retten. Und dazu brauchte sie die Hilfe von Treasure Hunter Security.

***

LOGAN O'CONNOR STRECKTE SICH AUS, legte seine Stiefel auf die Armlehne der Couch und zog seine Mütze tief über die Augen.

Verdammt, er war so müde.

Nachdem er vor einem Monat von einem Job im kambodschanischen Dschungel zurückgekehrt war – er hatte dort Callums Arsch gerettet –, hatte er sich direkt in einen anderen Job in der Wüste Gobi gestürzt. Es war zermürbend, heiß und sandig gewesen. Er hasste Sand.

„Hey, Schuhe runter von der Couch!" Eine Hand klatschte gegen seine Stiefel.

Logan knurrte nur.

Seine Mütze wurde weggefegt. Darcy Ward stand vor ihm und starrte ihn an. Wie immer sah sie umwerfend und elegant aus. Keine einzige Strähne ihres kinnlangen schwarzen Haars war durcheinander, und ihre blaugrauen Augen waren direkt auf ihn gerichtet.

Sie versuchte erneut, seine Stiefel zu bewegen, aber er ließ sie, wo sie waren.

„Wir erwarten eine Klientin, Logan", sagte sie verärgert.

Logan grunzte als Antwort.

Sie schob und drückte wieder, und schließlich rutschten seine Füße auf den polierten Betonboden.

Er setzte sich aufrecht hin. „Ich bin so verdammt froh, dass ich nie eine Schwester hatte."

Sie machte ein Gesicht.

„Geh doch deine *richtigen* Brüder nerven", knurrte er.

„Die sind gerade nicht hier." Sie rümpfte die Nase. „Declan und Layne sind oben. Sie müssten bald herunterkommen."

Dec, Logans bester Freund, wohnte im Apartment über dem Büro von Treasure Hunter Security.

Logan schnaubte. „Ich wette, ich weiß, was die dort gerade treiben." Seit sein bester Freund sich Hals über Kopf in Dr. Layne Rush verliebt hatte, konnte der Mann nicht mehr von seiner Verlobten lassen. „Die beiden sind wie verdammte Karnickel."

„Im Büro wird nicht geflucht", schnauzte Darcy.

„Seit wann?"

„Gleich kommt eine Klientin", erklärte sie erneut mit übertriebener Geduld. „Sie kommt extra aus Washington D.C. Sie ist die Geschäftsführerin von Granger Industries. Das wird ein gut bezahlter Job, Logan. Vermassle es nicht."

Granger Industries? Logan erinnerte sich vage an eine Immobilienfirma oder ein Bauunternehmen oder so etwas in der Art. Nur um Darcy zu ärgern, legte Logan seine Stiefel wieder auf den Couchtisch. „Wo ist Cal?"

„Auf einer Reise mit Dani. Sie fotografiert in der Ruinenstadt Great Zimbabwe und Cal begleitet sie."

Noch ein Mann, der sich nicht von den Frauen fernhalten konnte. Logan konnte immer noch nicht glauben, dass seine beiden besten Freunde jetzt ernsthaft verliebt waren. Dec und Cal – zwei der härtesten Kerle, die er je gekannt hatte.

Er hörte Schritte, und da sie nicht von der Eingangstür zum Büro kamen, wusste er, dass es Dec war. Nach den gemeinsamen Jahren in SEAL-Teams und ihrer Arbeit bei THS erkannte Logan Decs Schritte überall.

„Darcy. Logan." Declan durchquerte die große, offene Fläche des umgebauten ehemaligen Lagerraums.

Logan warf einen Blick auf seinen Freund. Dec war groß, muskulös und hatte stechend graue Augen. Er sah immer noch genauso aus wie früher, aber in letzter Zeit wirkte er anders. Entspannter, gelassener.

„Wer ist unsere neue Klientin?", fragte Dec.

„Sydney Granger von Granger Industries." Darcy blickte auf ihre Uhr. „Ihr Flugzeug sollte vor einer Stunde gelandet sein. Sie müsste bald hier ankommen."

Dec nickte und ging auf die kleine Küchenzeile in einer Ecke des Raumes zu. Er öffnete den Kühlschrank und holte eine Limonade heraus.

„Cola light?" Logan zog eine Augenbraue hoch.

„Layne ist geradezu süchtig nach dem Zeug." Dec zuckte mit den Schultern. „Ich bin jetzt auch auf den Geschmack gekommen."

Logan schüttelte den Kopf. „Als Nächstes erzählst du mir, dass du zum Brunch oder zu einer verdammten Maniküre gehen willst."

Decs grauer Blick verengte sich. „Nein, aber ich denke ernsthaft darüber nach, dir in den Arsch zu treten."

Logan schnaubte. „Du kannst es ja gern versuchen."

„Pst", raunte Darcy. „Sie ist hier. Versucht wenigstens, professionell zu wirken." Sie stieß Logans Stiefel vom Couchtisch.

Logan folgte Darcys Blick zur Wand mit den Flachbildschirmen an einem Ende des weiträumigen Büros. Das dort war Darcys Domäne. Sie sah zwar aus, als wäre sie einer Modezeitschrift entsprungen, aber die Frau war ein Genie im Umgang mit Computern. Auf dem hinteren Bildschirm sah er die Sicherheitsvideos von der Außenanlage des Büros. Er bemerkte etwas, das wie ein Mietwagen aussah, der in der Nähe seines Pick-up-Trucks geparkt war, und erhaschte einen flüchtigen Blick auf blonde Haare, während eine Frau auf die Eingangstür des Lagerhauses zuging.

Das Nächste, was er hörte, war das Klacken von Absätzen auf Beton. Logan drehte seinen Kopf. Und dann richtete er sich auf.

Die Frau war groß, schlank, trug einen marineblauen Rock, der ihre sanften Kurven umschmeichelte, und eine frische weiße Bluse. Blondes Haar in der Farbe von Champagner war in einer Art kompliziertem Zopf an ihrem Hinterkopf zurückgebunden und betonte ein Gesicht, das einfach nur atemberaubend schön war. Sie hatte eine schmale Nase, perfekt geformte Lippen und hohe Wangenknochen. Ihre blassblauen Augen suchten das Büro ab.

Der Frau standen Geld und Klasse geradezu ins Gesicht geschrieben.

Logan setzte sich auf der Couch auf. Sie war *so gar nicht* sein Typ.

„Hi, Ms. Granger." Darcy trat vor und streckte ihre Hand aus. „Ich bin Darcy Ward. Das ist mein Bruder Declan."

„Danke, dass Sie sich Zeit nehmen. Und bitte, nennen Sie mich Sydney." Sie schüttelte erst Darcy und dann Declan die Hand.

„Freut mich, Sie kennenzulernen", sagte Dec.

„Und das ist einer unserer besten Sicherheitsspezialisten, Logan O'Connor." Darcy deutete auf Logan.

Logan machte sich nicht die Mühe aufzustehen, sondern hob nur sein Kinn an.

Sydney Granger warf ihm lediglich einen kühlen Blick zu, bevor sie wieder zu Declan und Darcy schaute.

Ja, er war gerade von der Eiskönigin abgecheckt worden. Er war überrascht, dass er keinen Gefrierbrand davongetragen hatte.

„Ich brauche Ihre Hilfe", erklärte Sydney. „Mein Bruder braucht Ihre Hilfe."

Darcy wies auf den Konferenztisch an der Seite. „Warum setzen wir uns nicht? Sie wollten uns per Telefon ja keine Details verraten ..."

Sydney Granger nickte. „Ich wusste nicht, ob es sicher wäre." Sie ließ sich in einen Stuhl sinken. „Mein Bruder ist vor ein paar Wochen nach Peru gereist. Er hat Geschichte studiert und wollte dort eine alte Kultur erforschen ..."

„Die Inka?", fragte Dec.

„Nein. Haben Sie jemals von den Kriegern der Wolken gehört? Man nennt sie auch die Chachapoyas."

Logan runzelte die Stirn und sah, wie Darcy und Dec den Kopf schüttelten. Darcy tippte auf einer ihrer Tastaturen herum und wollte offensichtlich gerade eine Suche dazu starten.

„Ich kannte die vorher auch nicht", ergänzte Sydney. „Aber ich habe auf dem Flug hierher etwas recherchiert."

„Sie kommen in *Jäger des verlorenen Schatzes* vor", bemerkte Logan.

Hübsche blaue Augen blinzelten ihn an. „Ja."

Ja, ich bin nicht nur ein großer, dummer Idiot. Logan war es gewohnt, dass die Leute lediglich einen kurzen Blick auf ihn warfen und entschieden, dass er groß und gefährlich, aber nicht besonders klug war.

„Die goldene Statue, hinter der Indiana Jones am Anfang des Films her ist ...", er schaute die anderen erwartungsvoll an, „ihr wisst schon, als er vor dem großen, rollenden Felsbrocken fliehen muss. Diese Statue gehörte den Kriegern."

„Das ist richtig", bestätigte Sydney Granger mit ihrer kühlen, kultivierten Stimme. „Aber der Film entspricht nicht den Tatsachen. Die Chachapoyas arbeiteten nicht mit Metall, also hatten sie auch keine goldenen Götzenstatuen. Sie erbauten ihre Städte und Festungen hoch in den Nebelwäldern der Anden. Mein Bruder schätzt, dass bisher nur ein kleiner Teil ihrer Stätten gefunden wurde. Die Wolkenkrieger kämpften jahrelang gegen die Inka und halfen sogar den Spaniern im Kampf gegen sie. Sie waren berühmt für ihre Schönheit, und viele von ihnen waren hellhäutig mit blondem Haar und hellen Augen. Mehrere ihrer Mumien wurden entdeckt, von denen viele tatsächlich blondes Haar haben, und einige Nachkommen der Chachapoyas haben auch heute noch blondes Haar und blaue oder grüne Augen."

„Sie stammten ursprünglich also nicht aus der Andenregion?", fragte Darcy. „Kamen sie von woanders hierher?"

Sydney legte den Kopf schief. „Es gibt viele Theorien. Dass sie lange vor den Spaniern aus Europa angekommen sind, dass sie vom hellhäutigen, bärtigen Gott Viracocha abstammen. Jüngste DNA-Tests haben ergeben, dass sie aus der Andenregion stammen und sich nicht wirklich von den anderen Bewohnern derselben Region unterscheiden. Sie stammen eben aus den Nebelwäldern."

„Was ist mit den Wolkenkriegern passiert?", fragte Logan.

„Sie hielten lange durch, aber schließlich wurden sie von den Inka besiegt. Sie wurden gezwungen, ihre Städte zu verlassen, und die von den Spaniern eingeschleppten Krankheiten rotteten sie aus."

„Okay, und was haben diese Wolkenkrieger nun mit Ihrem Bruder zu tun?", fragte Dec.

Logan beobachtete die Frau, während sie ihr Kinn anhob. Als er in ihr Gesicht blickte, sah er nichts als eisige Perfektion. Keine Emotion, keine Sorge, nichts. Ja, sie war eine wirklich kalte Frau.

„Ich habe gestern Abend einen Anruf in meinem Büro erhalten. Eine Gruppe sagt, sie habe meinen Bruder und wolle fünf Millionen Dollar Lösegeld. Ich wurde angewiesen, nach Lima, Peru, zu reisen, um dort die Transaktion durchzuführen."

Logan schüttelte den Kopf. Coolness war die Untertreibung des Jahrhunderts – sie war eiskalt. Mann, die Frau sah nicht einmal so aus, als würde ihr Puls in die Höhe schnellen, während sie davon redete, dass ihr Bruder als Geisel festgehalten wurde. Da floss nichts als Eiswasser in diesen Adern.

Dec runzelte die Stirn. „Wir machen eigentlich keine Fälle von Lösegeldforderungen. Wir haben zwar eingegriffen, als eine Handvoll Archäologen von Ausgrabungsstätten entführt wurden ..."

Interessanterweise sah Logan, wie Sydney ihre Hände auf dem Tisch zusammenpresste. Ihre Finger krümmten sich kurz, dann entspannten sie sich wieder. „Ich bin zu Ihnen gekommen, weil die Gruppe, die Drew gefangen hält ... sie nennen sich Seidenstraße."

Logan sprang auf die Beine. *Oh, verdammt.*

KAPITEL ZWEI

„Ich weiß, dass Sie Erfahrung mit der Seidenstraße haben", sagte Sydney und versuchte verzweifelt, die Emotionen zu kontrollieren, die in ihr hochkochten. „Deshalb bin ich hergekommen."

„Das mit der Erfahrung kann man wohl sagen." Declan Ward tauschte einen Blick mit dem großen Bären von einem Mann namens Logan aus. „Es handelt sich um einen Schwarzmarkt-Ring für geraubte Antiquitäten. Sie verfügen über viel Geld und haben keinerlei Skrupel."

Bei seinen Worten bekam Sydney eine Gänsehaut. Und diese Leute hatten Drew. „Werden Sie mir helfen? Mein Bruder ist die einzige Familie, die ich noch habe." Trauer mischte sich in ihrem Inneren zu Angst und plötzlich war ihr eiskalt. Sie grub ihre Fingernägel in ihre Handflächen, um sich nichts davon anmerken zu lassen.

Flüchtig bemerkte sie, wie Declan einen weiteren Blick mit dem einschüchternden Logan austauschte.

Darcy stand auf. „Warum lassen Sie mich nicht ein

paar Nachforschungen anstellen? Mal sehen, ob wir herausfinden können, was da unten in Lima los ist."

„Ich habe bereits versucht, die Behörden vor Ort zu kontaktieren ..."

Darcy nickte. „Das ist schwierig, ich weiß. Die Distanz, die Sprachbarriere, unterschiedliche Rechtssysteme. Mal sehen, was ich herausfinden kann." Die dunkelhaarige Frau warf einen Blick auf Logan. „Logan, kannst du Sydney etwas zu trinken holen?"

„Etwas zu trinken?" Der große Mann sah verwirrt aus. „Ich bin doch kein Kellner."

Darcy verdrehte die Augen. „Nun, du musst gerade niemanden für mich erschießen, also hol ihr schon einen Drink." Darcy schritt zu den Computern hinüber.

Sydney räusperte sich. „Ich brauche nichts ..."

Er gab ein undefinierbares Geräusch von sich und stapfte zu ihr hinüber. „Kommen Sie mit. Zur Küche gehts da lang."

Da sie keine Möglichkeit sah, sich höflich aus der Sache herauszuwinden, folgte sie ihm widerstrebend. Ein weiterer Schauer durchlief sie. Der Schock über die Ereignisse hatte sie tief getroffen. Sie rieb sich über ihre kalten Arme. Ihre Jacke hatte sie im Auto liegen lassen.

„Was wollen Sie?"

Die schroffe, unhöflich klingende Frage kam aus der Richtung der kleinen, aber gut organisierten Küchenzeile, die in einer Ecke des großen Raumes versteckt war.

„Wasser, bitte."

Er schnaubte, und sie sah, wie er eine Tasse aus dem Schrank holte und die Kanne Kaffee von der Kaffeemaschine nahm.

„Haben Sie mich nicht gehört?", fragte sie.

„Ihnen ist kalt. Sie brauchen etwas zum Aufwärmen. Milch? Zucker?"

Sein anmaßender Ton ließ sie stutzig werden. „Schwarz." Eigentlich mochte sie Zucker in ihrem Kaffee, aber sie wollte verdammt sein, wenn sie ihm das sagen würde.

Er schob die Tasse zu ihr. Sie war an einem Rand abgesplittert und trug die Aufschrift ‚Bester Fang der Welt'.

„Entschuldigung. Wir sind hier nicht beim Fünf-Uhr-Tee im Ritz", schnauzte er.

Sydney verkniff sich eine bissige Erwiderung und zwang sich, in aller Ruhe einen Schluck zu nehmen. Dabei beobachtete sie, wie er begann, sein Flanellhemd aufzuknöpfen.

Ihre Augen weiteten sich, und sie rang damit, ihren Kaffee nicht zu verschütten. Unter dem abgetragenen blassblauen Hemd trug er ein graues T-Shirt. Der Stoff war auf der großen, harten Fläche seiner breiten Brust zum Zerreißen gespannt. Er glättete sein Hemd, streckte die Hand aus und legte es ihr dann um die Schultern.

„Was tun Sie denn da?" Sie hasste es, dass ihre Stimme wie ein Quietschen klang.

„Ihnen ist kalt."

„Es geht mir gut." Dann spürte sie die Wärme des Stoffes. Gott, dem Mann musste darin wirklich mollig warm gewesen sein. Es fühlte sich so gut auf ihrem unterkühlten Körper an. Ihr Blick wanderte über seine muskulösen Unterarme und den grauen Stoff, der sich über seinem massiven Bizeps spannte. Er bewegte sich und sie sah, dass seine Arme mit Tattoos übersät waren. Sie sahen aus wie ... die Kratzer von Bärenkrallen. Er hatte sich Kratzspuren von Klauen auf seine Arme tätowieren lassen. Schnell nahm sie einen weiteren Schluck Kaffee. Sie war an Männer wie Logan O'Connor nicht gewöhnt.

„Es geht Ihnen überhaupt nicht gut. Sie zittern. Sie mögen vielleicht Eis in Ihren Adern haben, aber ich lasse Sie nicht vor meinen Augen erfrieren."

Sie verengte ihren Blick auf ihn und hörte die Verachtung in seiner Stimme. „Eis in meinen Adern?" Sie spürte, wie ihr Temperament hochkochte. „Ich bin gerade erst hier angekommen. Sie kennen mich doch gar nicht."

„Ich habe genug gesehen. Ihr Bruder wurde als Geisel genommen und Sie sprechen darüber, ohne auch nur mit der Wimper zu zucken. Als ob es Sie nicht berührt. Das ist eiskalt."

Sie nahm einen tiefen Atemzug. „Wollen Sie mich lieber zeternd, schreiend und weinend sehen? Vielleicht sollte ich auch noch etwas Hysterie einstreuen?" Warum ließ sie sich überhaupt auf eine Diskussion mit diesem Mann ein? Er war ein Fremder. „Vergessen Sie es. Ich muss mich nicht mit voreingenommenen Fremden herumschlagen, die mich verurteilen und dabei selbst aussehen, als wären sie gerade aus einer Höhle gekrochen." Sie drehte sich demonstrativ von ihm weg.

Erleichtert sah Sydney, wie Darcy sie zu sich heranwinkte.

„Ich kann bestätigen, dass sich Ihr Bruder in Lima aufgehalten hat." Darcys Finger flogen über die Tastatur. „Er hatte ein Zimmer im Hotel San Antonio. In den letzten vierundzwanzig Stunden hat ihn dort niemand mehr gesehen."

Sydney schloss ihre Augen. *Oh, Drew.* Als sie sie wieder öffnete, sah sie, dass Logan sie beobachtete.

„Ich suche gerade nach etwaigen Polizeiberichten", erklärte Darcy. „Ja, da ist etwas. Ein paar Leute haben zu Protokoll gegeben, dass ein amerikanischer Mann die Straße hinunterlief und von einer Gruppe Männern verfolgt wurde. Das sind alle Details, die ich bisher gefunden habe. Wir werden vor Ort mehr erfahren."

„Dann werden Sie mir helfen?" Sydneys Stimme war lediglich ein leises Flüstern. Sie spürte, dass die drei Leute von THS sie beobachteten.

„Ja." Darcy streckte eine Hand aus und legte sie auf Sydneys Arm. „Meine Brüder und meine Adoptivbrüder", sie warf Logan einen bedeutsamen Blick zu, „treiben mich zwar oft in den Wahnsinn, aber ich würde trotzdem alles tun, um ihnen zu helfen, wenn sie in Schwierigkeiten stecken." Ein bedeutungsvoller Blick huschte über ihr Gesicht. „Das habe ich sogar schon öfters getan."

Dec zeigte ein schwaches Lächeln im Gesicht. „Wir sind ehemalige Navy SEALs. Normalerweise können wir uns selbst retten."

Darcy schnaubte. „Immer dieses Macho-SEAL-Gerede. Sie glauben gern, dass sie Superhelden sind und Hilfe nicht nötig haben."

Sydney lachte leise auf. Sie merkte, dass diese Leute versuchten, sie aufzuheitern. Ihre lockere Kameradschaft war richtig angenehm. Sie liebte Drew, aber eine solche

Beziehung hatten sie nicht miteinander. „Und was passiert jetzt?"

„Logan und Declan werden diese Operation leiten. Zusammen mit zwei unserer anderen Spezialisten – Morgan Kincaid und Hale Carter."

Logan. Sydney versuchte, keine Reaktion auf seinen Namen zu zeigen. Als sie aufsah, blickte sie in die verblüffend goldenen Augen dieses großen Mannes. Sie erinnerten sie an den Lieblings-Scotch ihres Vaters. Oder an die Augen eines großen, träge erscheinenden Löwen, der insgeheim jederzeit zum Sprung bereit war.

Sydney zwang sich, ihr höflichstes Lächeln aufzusetzen. „Wunderbar."

„Ich werde ein paar Anrufe tätigen, damit unser Jet aufgetankt und vorbereitet wird", erklärte Declan. „Und ich muss Morgan und Hale informieren. Sie werden uns dann am Flughafen treffen."

Logan nickte. „Ich werde kurz zu mir nach Hause fahren müssen. Mich umziehen und meine Sachen packen."

Declan nickte. „Ich werde das Gleiche tun und mich noch von Layne verabschieden. Du nimmst Sydney mit, und ich treffe euch dann am Flughafen."

Logan gab ein Geräusch von sich, das Sydney an ein wildes Tier erinnerte. Eine ungezähmte Bestie.

Danach ging alles ganz schnell. Sydney konnte Darcy noch eine Verabschiedung zurufen und dann wurde sie auch schon aus den Räumlichkeiten begleitet. Logan führte sie zu einem großen schwarzen Pick-up-Truck mit riesigen Reifen. Sie hielten kurz an, während er ihren Koffer aus ihrem Mietwagen holte.

„Darcy wird dafür sorgen, dass Ihr Mietwagen zurückgebracht wird." Er hob ihren Louis-Vuitton-Koffer hoch und warf ihn auf die Ladefläche seines Pick-ups.

Sydney öffnete die Beifahrertür des Trucks und betrachtete die Höhe des Einstiegs. Wie zum Teufel sollte sie mit einem engen Bleistiftrock da hinaufklettern?

Plötzlich umschlossen große Hände ihre Taille und sie wurde in den Sitz gehoben. Logan starrte sie eine Sekunde lang an, dann trat er zurück und schloss die Tür. Sydney saß einfach nur da und dachte geschockt über die Tatsache nach, dass Logan O'Connors Hände ihre gesamte Taille umfassen konnten.

Er kletterte hinters Lenkrad und schnallte sich an. „Ich wohne nicht allzu weit entfernt von hier. Wir werden nicht lange brauchen."

Er fuhr durch die Innenstadt von Denver, dann ging es weiter in Richtung City Park. Schließlich hielt er vor einem dreistöckigen, neuwertigen Apartmentblock und stellte den Motor ab.

„Keine Höhle?" Die Worte rutschten Sydney einfach so heraus.

Sein Blick verengte sich auf sie, und für eine Sekunde glaubte sie, einen Anflug von Belustigung darin zu erkennen. „Sie kommen mit."

Sie spürte, wie sich ihr Kiefer anspannte. „Haben Sie denn gar keine Manieren? Man lädt jemanden ein, O'Connor, und erteilt nicht einfach einen unhöflichen Befehl."

„Ich bin nicht der höfliche Typ, also nein, nichts da mit feinen Manieren." Er hielt seine großen Hände hoch.

„Ich habe auch keine gepflegten Hände und trage keine schicken Anzüge."

Das Wort Anzüge spuckte er aus, als ob er über ein giftiges Tier sprechen würde. Seine Hände waren mit Narben und Schwielen übersät.

„Ja", antwortete sie. „Das kann ich sehen."

Er stieg aus, umrundete den Truck, griff nach ihrem Koffer und riss ihre Tür auf. „Sie werden sich auch umziehen müssen. Es sei denn, Sie haben vor, in Ihren schicken Designerklamotten nach Südamerika zu reisen."

Sydney beschloss, dass es klüger wäre, einfach mit ihm hineinzugehen, während er seine Sachen packte, als diesen dämlichen Streit fortzusetzen.

Sie folgte ihm durch eine Sicherheitstür zum Aufzug. Oben angekommen, gingen sie über einen offenen Flur und er hielt inne, um eine Tür aufzuschließen. Dann geleitete er sie in sein Apartment und stellte ihren Koffer ab. Sie zog die Augenbrauen hoch. Die Wohnung war sauber, obwohl ein *alleinstehender Mann* hier lebte. Während die Küche erstaunlich gut ausgestattet war, wirkte der Rest der Wohnung etwas karg. Keine Bilder, keine Farbe, keine Pflanzen. Sie glaubte nicht, dass Logan ein passionierter Einrichtungsfan war.

„Ich werde schnell duschen und mich umziehen." Er deutete auf die schwarze Ledercouch vor einem riesigen Flachbildfernseher. „Fühlen Sie sich wie zu Hause."

Er ging durch eine Tür, von der sie annahm, dass sie zu seinem Schlafzimmer führte, und schloss sie hinter sich. Anstatt sich zu setzen, schlenderte Sydney durch das offen gestaltete Wohnzimmer. Auf einer Ablage über dem Fernseher entdeckte sie ein paar gerahmte Fotos.

Eines zeigte ihn mit einer Gruppe hart aussehender Männer in Kampfanzügen – sie vermutete, dass es sich um sein SEAL-Team handelte. Sie erkannte Logan, obwohl sein Gesicht zur Tarnung mit schwarzer Farbe beschmiert war. Er lehnte sich mit seiner Schulter an die von Declan Ward. Das nächste Foto zeigte einen kleinen Jungen mit goldbraunen Augen, der neben einem bulligen Mann in einer Armeeuniform stand. Sie vermutete, dass Logan aus einer Militärfamilie stammte.

Müdigkeit und Sorge machten sich in ihr breit. Sie setzte sich an den Rand der Couch und holte ihr Handy heraus. Als sie zusammen zu Abend gegessen hatten, kurz bevor er nach Peru abgereist war, hatte sie ein paar Schnappschüsse von Drew gemacht. Er war distanziert gewesen, und sie hatte gewusst, dass er unter dem Verlust ihres Vaters litt. Sie hatte immer das Bedürfnis verspürt, ihn zu beschützen. Er hatte die Schule vorzeitig beendet und war dann sofort aufs College gegangen. Seine soziale Kompetenz war nicht besonders ausgeprägt, genauer gesagt wirkte er manchmal sogar ahnungslos, aber er lächelte viel und war immer freundlich.

Sie hatte nicht gewollt, dass er nach Südamerika ging. Aber sie war so sehr damit beschäftigt gewesen, sich bei Granger Industries einzuarbeiten, und war überwältigt gewesen von ihrer Trauer über den Tod ihres Vaters, und Drew war erwachsen, wie er sie gern gelegentlich erinnerte. Sie konnte ihn nicht vor allem beschützen. Trotzdem hätte sie ihn nie nach Peru gehen lassen dürfen. Tränen brannten ihr in den Augen und sie presste die Faust auf den Mund, um ein Schluchzen zu unterdrücken.

Sie hörte ein Geräusch und schaute auf. Logan stand in der Tür, nur ein weißes Handtuch um seine schlanken Hüften gewickelt.

Ein Schock und etwas anderes, das sie sich nicht eingestehen wollte, durchfuhr ihren Körper. Er war sehnig und groß. Da war kein einziges überschüssiges Gramm Fett an ihm und er hatte eine extrem definierte Brustmuskulatur. Und erst seine Bauchmuskeln ... sie sog den Atem ein. Diese gemeißelten Muskelstränge sahen überwältigend aus. Sein langes, braunes Haar war noch feucht und hing ihm bis auf seine Schultern und umrahmte sein hartes, markantes Gesicht.

Sydneys letzter Lover war ein Anwalt gewesen. Und vor ihm war sie ein paar Monate lang mit einem arbeitssüchtigen Lobbyisten ausgegangen. Sie konnte sich nicht daran erinnern, dass der Anblick eines der beiden ihr jemals einen derartigen Lustschock versetzt hatte. Sie hatte noch nie einen Mann wie Logan erlebt. So groß, so präsent, so männlich.

„Was ist los?" Seine Stimme war ein tiefes Brummen.

„Nichts." Sie wischte sich mit einer Hand die Tränen weg, die andere Hand umklammerte ihr Handy.

„Hat die Seidenstraße Sie wieder kontaktiert?" Er trat auf sie zu.

Eine Sekunde lang hatte Sydney das Bild eines Wolfes vor Augen, der sich an seine Beute heranpirschte. Er ergriff ihre Hand und löste das Handy aus ihrem Griff. Aus nächster Nähe nahm sie den Duft von feuchter Haut und Seife wahr. Er betrachtete das Foto ihres Bruders und sah sie dann wieder an.

Ein finsterer Blick legte sich in seine Augen, als er

sich von ihr zurückzog. „Ich ziehe mich an, und dann gehts los. „Ich schlage vor, Sie ziehen diesen engen Rock aus und nehmen etwas Bequemeres für die Reise. Das Gästebadezimmer ist da hinten." Er nickte mit dem Kopf in die Richtung.

Ohne ein weiteres Wort drehte er sich um und ging davon – und schenkte ihr einen perfekten Blick auf seinen muskulösen Rücken. Er war mit einem schwarzen Tattoo bedeckt, dem naturgetreuen Abbild eines heulenden Wolfes.

Sydney stieß einen zittrigen Atem aus. Sie fühlte sich, als hätte sie eine tödliche Begegnung mit etwas Gefährlichem nur knapp überlebt.

***

LOGAN STAPFTE durch den Flughafen von Denver, seinen Seesack über die Schulter gehängt und Sydneys schicken Koffer in einer Hand. Wenigstens hatte sie sich bei ihm zu Hause umgezogen. Statt des eng taillierten Rocks trug sie jetzt dunkle Jeans und eine maßgeschneiderte Jacke. Leider gab die Jeans den Blick auf lange, schlanke Beine und einen perfekt geformten Hintern frei.

Verdammt noch mal. In der THS-Zentrale war es noch leicht gewesen, sie als Snob der High Society und gefühllose Eiskönigin abzuschreiben. Aber als er aus der Toilette gekommen war und sie auf seiner Couch sitzen gesehen hatte, mit glitzernden Tränen in den Augen, hatte er sich überrumpelt gefühlt. Er hatte nicht hinter ihr eiskaltes Äußeres blicken wollen. Auch jetzt war er sich noch nicht sicher, ob sie nur kontrolliert oder doch eher manipulativ war. Vielleicht hatte sie ihre Maske aufgesetzt, um den Leuten nur das zu zeigen, was sie sie sehen lassen wollte, und um ihren eigenen Willen durchzusetzen.

Er hatte persönlich und aus nächster Nähe Erfahrungen mit dieser Art von Frauen gemacht, die nach außen hin glänzten, aber eigentlich eine schwarze Seele hatten. Annika hatte ihm eine harte Lektion erteilt. Sie hatte ihm eine Seite von ihr gezeigt – genau das, was er sehen wollte –, während ihre andere, verborgene Seite ihn fast umgebracht hätte.

Logan schüttelte den Kopf und ärgerte sich über sich selbst. Er ging den Flughafenkorridor entlang, und durch die großen Glasfenster sah er den THS-Jet schon auf der Rollbahn warten.

Es waren allerdings nicht nur Sydney Grangers Tränen, die ihm zu schaffen gemacht hatten. Es war auch die Art, wie die Frau auf seine nackte Brust gestarrt hatte.

Er hatte Lust und Leidenschaft in ihren Augen gesehen. Und das hatte ihn etwas ganz anderes fühlen lassen.

In der Nähe einer Tür blieb er stehen. „Wir werden hier auf Declan, Morgan und Hale warten."

Sydney nickte. Ihr Haar war immer noch geflochten, aber ein paar Strähnen hatten sich gelöst und fielen ihr ins Gesicht.

Mist. Jetzt bemerkte er auch noch ihr Haar. Zum Glück sah er in diesem Moment Dec und die anderen auf sie zukommen.

„Sydney, das ist Morgan Kincaid." Logan zeigte auf

eine große, gefährlich aussehende Frau. Morgan war eine der besten, mit denen er je gearbeitet hatte. Sie trug ihr dunkles Haar kurz und hatte eine Narbe an einer Seite ihres Gesichts, über die sie nie sprach. Außerdem war die Frau von Waffen regelrecht besessen. „Der andere ist Hale Carter. Leute, Sydney Granger, unsere Klientin."

Hale trat mit einem Lächeln vor. „Es ist mir ein Vergnügen, Sie kennenzulernen. Nachdem wir nun gemeinsam an diesem Auftrag arbeiten, schlage ich vor, dass wir uns alle duzen."

„Gerne", entgegnete sie.

Als er Sydney die Hand schüttelte, verdrehte Logan die Augen. Hale war ein gut aussehender Mann – dunkle Haut, braune Augen und ein breites Lächeln. Er war auch ein verdammt guter SEAL gewesen, und jetzt war er ein verdammt guter Sicherheitsexperte. Außerdem war er ein Frauenheld.

„In Ordnung, lasst uns an Bord gehen", entschied Dec.

Logan trat vor Hale und legte seine Hand auf Sydneys unteren Rücken. „Hier entlang."

Hale zog sich einen Schritt zurück und hob seine Hände hoch, um seine Kapitulation anzuzeigen, während er Logan angrinste und ihm zuzwinkerte.

Sie begaben sich auf das Rollfeld und gingen hinüber zu dem schnittigen, schwarzen Jet. Im Inneren des Flugzeugs wies Logan Sydney einen der bequemen Ledersitze zu. Ansonsten war der Jet nicht besonders luxuriös ausgestattet, vielmehr verfügte er über eine Reihe von Computerbildschirmen und Stauraum zum Transport ihrer Ausrüstung.

Sydney setzte sich auf ihren Platz, und Logan unterhielt sich mit den anderen. Aber er spürte die ganze Zeit ihren Blick auf sich. Als der Pilot die Triebwerke startete, ließ sich Logan auf dem Sitz neben Sydney nieder. Er war sich nicht sicher, warum, denn er hatte sich eingeredet, dass er es kaum erwarten konnte, zum Flughafen zu kommen und sie an Declan zu übergeben.

Vielleicht wollte er einfach nur wieder einen Blick auf ihre wahren Gefühle erhaschen. Um zu versuchen, die Sydney Granger hinter der Maske zu erkennen.

„Was hat dein Bruder in Peru zu finden gehofft?", fragte Logan.

„Er ist geradezu besessen von den Wolkenkriegern. Er sagte, dass bisher nur etwa fünf Prozent ihrer Ruinen in den Nebelwäldern freigelegt worden sind, und glaubt, dass es noch viel mehr über sie zu erfahren gibt."

Morgan beugte sich vom hinteren Sitz nach vorne. „Was ist so besonders an diesen Wolkenkriegern?"

Sydney schlug ihre langen Beine übereinander. „Drew meint, dass sie für die damalige Zeit sehr fortschrittlich waren."

„Obwohl sie nicht mit Metall arbeiteten?", fragte Logan.

„Die Inka waren vor ihnen auf der Hut. Ihre Krieger waren für ihre kämpferischen Fähigkeiten berühmt und ihre Schamanen gefürchtet. Sie mumifizierten ihre Toten und bestatteten sie in faszinierenden Sarkophagen, die sie auf Felsvorsprüngen über Schluchten in den Nebelwäldern aufstellten. Drew war Hinweisen nachgegangen, dass sie hoch entwickelte Heiler gewesen waren, und fand Beweise dafür, dass sie Knochenoperationen und Amputationen erfolgreich durchgeführt hatten. Er glaubte, dass es noch viel mehr über sie gab, das unerforscht war."

Logan grunzte.

„Interessierst du dich überhaupt für Geschichte?", fragte Sydney und musterte ihn.

„Sicher." Geschichte interessierte ihn tatsächlich, deshalb fand er auch seinen Job bei THS so spannend. Aber er war nicht so einfältig, auf märchenhafte Legenden einer ‚verlorenen Stadt' und eines ‚verlorenen Schatzes' hereinzufallen, denn er hatte schon zu viele Expeditionen mitgemacht, bei denen alle leer ausgegangen waren. Also zuckte er nur mit den Schultern. „Ich mag Geschichte. Ich mag meinen Job. Die Einsätze sind immer wieder anders, und ich kann meine Fähigkeiten gut einsetzen."

„Heiliger Strohsack", staunte Morgan. „Logan O'Connor mag etwas. Wow, da friert sogar die Hölle zu."

Sydney drehte sich zu ihm und hob fragend eine Augenbraue.

Morgan lachte. „Bei jedem Job meckert Mr. Brummbär immer über irgendetwas. Er mag die Wüste nicht, er mag den Dschungel nicht, er mag die Moskitos nicht."

„Ignorier sie einfach", knurrte Logan. „Ich glaube, sie hat schon zu viele Schläge auf den Kopf abbekommen. Ich mag meinen Job, aber Dec hat mich auch nicht wegen meines Geschichtswissens eingestellt."

Sydneys Augen wanderten an seinem Körper hinunter. „Ich denke, da hast du recht."

Logan ignorierte den Hitzeschub, den ihr Blick in ihm auslöste, und rutschte in seinem Sitz hin und her.

Morgan lehnte sich zurück und startete einen Film, während Sydney in einer Zeitschrift blätterte. Logan schloss die Augen und hoffte auf ein wenig Schlaf.

„Warum hast du die SEALs verlassen?"

Sydneys simple Frage ließ Logan nervös werden.

„Entschuldigung. Zu persönlich?", setzte sie nach.

Er zuckte mit einer Schulter, sah sich um und merkte, dass Morgan ihre Kopfhörer aufhatte und Hale und Dec an einem kleinen Tisch saßen und Karten spielten.

„Dec hatte die SEALs bereits verlassen ...", und Logan hatte sich in ein hübsches Gesicht verguckt und großen Mist gebaut. Er hatte sein Team dadurch fast umgebracht. Aber das würde er Sydney Granger gegenüber auf keinen Fall zugeben. „Ich schätze, ich war bereit für eine Veränderung."

Sydney studierte ihn einen Moment lang. Sie mochte zwar cool sein, aber dumm war sie nicht. Sie drängte ihn nicht.

„Bist du gern CEO?", fragte er sie.

Ihr Gesicht bekam einen verkniffenen Ausdruck. „Das kann ich noch nicht sagen. Mein Vater ist erst vor zwei Monaten gestorben, und ich bin immer noch ... dabei, mich zurechtzufinden." Sie stieß einen Seufzer aus. „Ich bin mir noch nicht sicher, ob ich für diese ganze Geschäftswelt überhaupt geeignet bin."

„Ich schätze, das ist doch mal eine nette Abwechslung zu den Partys in Washington und dem ganzen

Smalltalk." Er hatte es nicht unhöflich gemeint, aber er sah, wie ihre Wangen erröteten.

„Du kennst mich nicht, Logan." Dann verzog sie das Gesicht. „Gott, wenn ich nicht so sehr mit Meetings und Geschäftsessen beschäftigt gewesen wäre, wäre Drew vielleicht nicht in diese Sache verwickelt worden."

Diesmal sah Logan keinen Tränenschimmer in ihren Augen und kein Aufblitzen von Emotionen auf ihrem Gesicht. Aber er spürte es. Sydney Granger sorgte sich um ihren Bruder. „Es ist nicht deine Schuld. Die Seidenstraße ist schuld. Wir werden ihn finden, Sydney."

Sie nickte.

Verdammt, Logan wollte sie am liebsten in seine Arme ziehen, damit sie sich an ihn anlehnen und er sie beschützen konnte.

Er hatte in seinem ganzen Leben noch nie jemanden getröstet.

„Warum ruhst du dich nicht ein wenig aus?" Er stand auf und stieß sich fast den Kopf an der niedrigen Decke des Flugzeugs. „Die Sitze lassen sich verstellen."

Er sah sie nicht an, während er zu den anderen ging.

Morgan hatte ihren Film aufgegeben und sich dem Kartenspiel angeschlossen. Sie sah auf und grinste. „Die Schöne und das Biest."

„Die Eiskönigin und der Jäger", murmelte Hale und grinste.

„Fick dich." Logan sah Dec an. „Gibt es schon weitere Informationen darüber, warum die Seidenstraße Drew Granger entführt hat?"

Dec schüttelte den Kopf. „Ich habe Darcy gebeten,

Agent Burke anzurufen. Mal sehen, ob er etwas für uns hat."

„Ich wette, das wird ihr gefallen." Special Agent Alastair Burke war Leiter des FBI-Teams für Kunstkriminalität. Seine Aufgabe war es, gestohlene Antiquitäten und Kunstwerke wiederzubeschaffen. Logan wusste auch, dass der Typ Darcy gehörig auf die Nerven ging.

„Ich habe noch nie davon gehört, dass die Seidenstraße Geiseln nimmt und Lösegeld fordert", fügte Dec hinzu.

„Die sind nicht gerade knapp bei Kasse", meinte Logan.

„Nein, das sind sie ganz bestimmt nicht", bestätigte Dec und zog die Stirn in Falten.

Es musste also einen anderen Grund geben, warum die Seidenstraße Drew Granger hatte und warum sie Sydney nach Peru locken wollten. Logans Blick wanderte zurück zu Sydney. Ihre Augen waren geschlossen, und er saugte alles an ihr in sich auf.

Neben ihm standen Morgan und Hale auf und gingen zur Bordküche im hinteren Teil des Jets, um etwas zu essen.

Dec stellte sich neben ihn. „Du kannst deine Augen nicht von ihr lassen, Kumpel."

„Was?" Logan hörte deutlich das Entsetzen in seinem Tonfall. „Sie ist unsere Klientin."

Dec verschränkte die Arme und lehnte sich mit dem Rücken an die Seite des Flugzeugs. „Ziemlich attraktiv. Dieses coole Verhalten, die hübschen blauen Augen, diese sexy langen Beine."

„Du hast schon eine Frau", knurrte Logan. Als Dec

ihn nur angrinste, unterdrückte Logan den Drang, ihn in den Arm zu boxen. „Sie gehört zur High Society."

„Mm-hm."

Dieses kleine Geräusch ärgerte Logan zutiefst. „Ich hasse es, wenn du diesen Laut von dir gibst. Hör zu, du bist verliebt, das ist toll. Und ich mag deine Layne, auch wenn sie einen seltsamen Geschmack bei Männern hat."

Dec boxte Logan gegen die Schulter, so fest, dass es wehtat.

Logan verengte seine Augen und fuhr fort. „Aber versuch bloß nicht, mich mit jemandem zu verkuppeln. Schon gar nicht mit Sydney Granger."

„Mm-hm."

Logan fluchte. „Ich hasse dieses Geräusch wirklich." Damit marschierte er zurück zu seinem Platz.

KAPITEL DREI

E s war noch früh in Denver, der Tag brach gerade erst an, und die Luft war frisch. Darcy Ward schritt den Bürgersteig entlang und jonglierte dabei ihre Handtasche, ihr Handy und den Milchkaffee, den sie gerade in ihrem Lieblingscafé gekauft hatte. Ihr Barista konnte zaubern.

Sie nahm einen Schluck, atmete aus und beobachtete die kleine weiße Wolke, die am Himmel über ihr schwebte. Declan und die anderen würden noch in der Luft sein, aber bald landen. Sie musste diesen Anruf tätigen ... und es war jetzt schon spät in Washington, D.C., so dass ihr langsam die Ausreden ausgingen.

„Bring es einfach hinter dich, Darcy", murmelte sie zu sich selbst.

Sie blätterte durch die Kontakte in ihrem Handy, fand den Eintrag *Agent Arrogant* und drückte die Anruftaste.

Er nahm nach nur einem Klingeln ab. „Darcy Ward, was für eine Überraschung."

Diese tiefe Stimme, diese arrogante Art. Oh, Special Agent Alastair Burke ging ihr ja so dermaßen auf die Nerven.

„Agent Burke, ich wünschte, ich könnte sagen, es ist mir ein Vergnügen."

„Aber wir wüssten beide, dass Sie lügen. Fragt sich, warum Sie mich trotzdem anrufen?"

Darcy verzog das Gesicht und war froh, dass der Bürgersteig menschenleer war. Der Mann konnte einfach nicht höflich sein. Sie vermutete, dass er unter seinem Anzug ein Roboter war.

„Ich brauche ein paar Informationen ..."

„Sie bitten mich um einen Gefallen?" Sein Tonfall war voller Belustigung.

Ach, wenn er jetzt nur hier vor ihr stünde, dann würde sie ihm ihren Kaffee ins Gesicht schütten. Nein, das wäre Verschwendung von gutem Kaffee. Aber sie nahm sich einen Moment Zeit, um sich vorzustellen, wie die braune Flüssigkeit von ihm heruntertropfte. Ein großer, muskulöser Körper in einem seiner gut geschnittenen Anzüge, braunes Haar, grüne Augen und der leichte Schatten von Bartstoppeln auf seinen Wangen, der ihm eine gefährliche Ausstrahlung verlieh. Er würde sein Jackett ausziehen, so dass sein Schulterholster zum Vorschein kam, und das nasse Hemd würde an seinen gut definierten Muskeln kleben.

Darcy blinzelte, dann erstarrte sie. *O nein. Nein, nein, nein.* Sie würde nicht weiter an so etwas denken.

„Es geht um die Seidenstraße", fing sie an.

„Was ist passiert?" Burkes Stimme klang jetzt schärfer und ernster.

„Wir haben eine neue Klientin. Die Seidenstraße hat ihren Bruder in Südamerika entführt und verlangt Lösegeld."

Burke murmelte einen Fluch. „Die Seidenstraße braucht kein Lösegeld."

Sie konnte sein Stirnrunzeln praktisch durch die Leitung hindurch sehen. „Das haben wir uns auch gedacht. Haben die so etwas schon einmal gemacht?"

„Nein. Es muss dabei um etwas anderes gehen. Normalerweise um etwas Altes, Glänzendes und Unbezahlbares. Wer ist die Klientin? Welches Land in ..."

„Das ist vertraulich." Darcy ging weiter in Richtung der Zentrale von Treasure Hunter Security. Jetzt lächelte sie. „Trotzdem danke für Ihre Hilfe."

„Sie wollen mir nicht mehr erzählen, oder?"

„Nein", erwiderte sie fröhlich.

„Sie schulden mir noch etwas." Seine Stimme wurde tiefer.

„Ich setze es mit auf Declans Rechnung." Ihr Bruder schuldete dem Agenten einiges für vergangene Gefälligkeiten.

„Nein. Ich will keinen Gefallen von Ihrem Bruder. Ich will einen von Ihnen."

Darcys Schritte gerieten ins Stocken.

„Sie schulden mir etwas, Darcy. Und eines Tages werde ich es einfordern." Die Leitung war tot.

Darcys Lächeln verschwand. Er war beim FBI, warum fühlte sie sich dann gerade bedroht?

Verdammter Kerl. Sie hatte es sich anders überlegt. Wenn er hier gewesen wäre, *hätte* sie den Kaffee an ihn verschwendet.

SYDNEY REGTE sich und hörte das vertraute tiefe Rumpeln, das ihr sagte, dass sie in einem Flugzeug saß. An ihrer linken Seite spürte sie eine intensive Wärme, und unter ihrem Ohr hörte sie ein gleichmäßiges Pochen.

Als sie die Augen öffnete, bemerkte sie, dass sie an einen großen, muskulösen Mann gelehnt saß.

Logan.

Sie hielt eine Sekunde inne und wusste, dass sie sich besser von ihm zurückziehen sollte. Aber sie tat es nicht. Er schlief, und sie erlaubte es sich, ihn sich ganz genau anzuschauen. Er wirkte auch im Schlaf nicht sanfter oder zahmer. Sie ließ ihren Blick über den kräftigen Nasenrücken, das schroffe Gesicht und die Stoppeln auf seinen Wangen schweifen, die ihn rau und hart aussehen ließen.

Seine Augen öffneten sich – wie leuchtendes antikes Gold – und einen Moment lang schauten sie sich stumm an. Dann rückten sie beide voneinander ab.

„Raus aus den Federn." Declan erschien mit zwei Bechern Kaffee in der Hand und reichte sie ihnen. „Ich hoffe, ihr habt gut geschlafen. Wir werden gleich landen."

Logan stand auf. Sydney nahm ihm den Kaffee aus der Hand und schaute dann aus dem Fenster. Sie sah die sich ausbreitende Stadt unter sich und den Strandstreifen, der sie vom Wasser des Pazifiks trennte. In Südamerika war sie schon einmal gewesen, aber noch nie in Peru.

Die nächsten paar Stunden vergingen wie im Flug. Sie landeten und verbrachten dann einige Zeit damit, die Einreiseformalitäten zu erledigen und zu warten, während die Waffen und Papiere der THS-Mitglieder überprüft wurden. Dann wurde sie zu einem Geländewagen geführt, der vor dem Terminal auf sie wartete.

Declan drehte sich auf dem Fahrersitz nach hinten um. „Darcy hat uns im Hotel deines Bruders Zimmer gebucht. Anscheinend hat er für einen ganzen Monat bezahlt und auch einige seiner Sachen sind noch dort. Wir checken ein und sehen uns dann sein Zimmer an."

Eingekeilt zwischen Hale und Morgan auf dem Rücksitz, nickte Sydney nur.

Es dauerte nicht lange, bis sie eingecheckt hatten. Das Hotel San Antonio befand sich in einem schönen, weißen Gebäude im Kolonialstil. Es war nur zwei Stockwerke hoch, und jedes Zimmer hatte einen kleinen Balkon mit charmanten Fensterläden.

Declan stellte ihr Gepäck in ihrem Zimmer ab, bevor er den Flur entlangging. Sydney schob ihren Koffer zur Seite und betrachtete das hübsche Zimmer mit seinem dunklen Holzboden und dem großen Bett, das mit einer frischen, weißen Decke bezogen war. Zwei kleine Sofas und ein Sessel waren um einen eleganten hölzernen Couchtisch herum angeordnet, und ein schmaler Schreibtisch stand an der Wand. Es dauerte nicht lange, bis es an ihrer Tür klopfte. Sie öffnete, und Declan, Logan und die anderen strömten in ihr Zimmer. Plötzlich kam ihr der Raum gar nicht mehr so groß vor.

Declan ließ sich in den Sessel sinken, Morgan nahm die Couch, Hale lehnte sich an eine Wand und Logan schlich wie ein Raubtier umher. Declan beugte sich nach vorne, die Hände auf die Knie gestützt. „Ich werde mich gleich mit der Polizei treffen, denn ich will herausfinden, ob es weitere Informationen über die gemeldete Auseinandersetzung gibt. Ich werde auch versuchen, eine Beschreibung der Leute zu bekommen, die ihn verfolgt haben, wohin sie gegangen sind und was genau passiert ist." Er sprach in einem ruhigen, zuversichtlichen Ton.

Sydney konnte sehen, dass es ihm leichtfiel, die Führung zu übernehmen, und dass er ein sehr guter Kommandant bei den SEALs gewesen sein musste.

„Morgan und Hale werden die Strecke der Verfolgungsjagd auskundschaften und die Einheimischen befragen. Logan wird sich mit dir das Zimmer deines Bruders und seine Sachen ansehen." Declans graue Augen schauten sie direkt an. „Du kennst Drew besser als jeder andere von uns und wirst die besten Chancen haben, Informationen aus seinen zurückgebliebenen Sachen abzuleiten."

Sydney nickte und folgte Logan schweigend in den Flur hinaus. Sie nahmen die Treppe in die untere Etage. Der Flur dort war identisch mit dem oberen. Logan blieb vor einer Tür stehen und zog einen Zimmerschlüssel heraus. „Ich sehe mir das Zimmer zuerst kurz allein an. Du bleibst hier." Er griff unter sein Hemd und zog eine Waffe hervor. Sydneys Augen weiteten sich.

Logan schlüpfte hinein. Sydney wippte auf ihren Füßen und wartete darauf, dass er zurückkam. Sie hörte kein Geräusch, und die Sekunden schienen sich in die Länge zu ziehen. War alles in Ordnung?

Einen Moment später war er zurück und Sydney folgte ihm hinein.

Das Zimmer sah genauso aus wie ihres. Das Bett war ordentlich gemacht und nichts sah fehl am Platz aus.

„Es sind viele seiner Sachen hier", bemerkte Logan.

Sydney ging im Raum herum und betrachtete die leere Oberfläche des Schreibtisches, dann den Schrank und den darin verstauten Koffer. Sie betastete einige der Hemden, die dort hingen. Drew bevorzugte Hemden und Shirts mit Kragen.

Sie holte tief Luft und wandte sich an Logan. „Ich sehe hier keinen Laptop. Er hat einen, den er selbst zusammengebaut hat. Ohne den geht er nirgendwo hin. Und ein Tablet hat er auch immer dabei."

„Neben dem Bett liegen ein paar Notizbücher, in denen einige handschriftliche Notizen stehen."

Sie blickte hinüber, entdeckte die schlichten schwarzen Bücher und blätterte sie durch. Sie waren mit Drews unordentlichem Gekritzel gefüllt. Auf dem Stuhl neben dem Bett sah sie ein abgelegtes Hemd. Sie hob es hoch und roch den Duft ihres Bruders. Dann schloss sie die Augen.

„Er ist dir wirklich wichtig."

Logans einfache Worte machten sie wütend. „Natürlich. Er ist mein Bruder. Ich schreie vielleicht nicht alle meine Gefühle in die Welt hinaus, aber ich habe trotzdem welche."

„Du lügst also, zeigst der Welt dein neutrales, teilnahmsloses Gesicht, aber innerlich denkst und fühlst du etwas anderes."

Sie stieß einen scharfen Atemzug aus. „Was ich tue und wie ich mich verhalte, geht dich einen Dreck an, O'Connor."

Er zuckte mit einer Schulter. „Ich kann Leute nicht ausstehen, die nicht das sind, was sie zu sein scheinen. Ich werde aus dir nicht schlau."

Er wäre zweifellos schockiert über das, was er noch nicht über sie wusste. Sie wählte ihre frostigste Stimme. „Du sollst dich nicht mit mir anfreunden, sondern dich darauf konzentrieren, meinen Bruder zu finden."

Dann drehte sie sich um, um noch einmal eine Runde durch den Raum zu drehen und nach allem zu suchen, was sie übersehen haben könnte. Dabei versuchte sie verzweifelt, Logan zu ignorieren.

„Drews Kleidung ist hier." Sie betrachtete noch einmal den Inhalt des Koffers. „Nach der Größe seines Koffers zu urteilen, ist das alles, was er mitgebracht hat." *Gott, Drew.* „Er hatte weder Zeit noch Gelegenheit, irgendetwas davon mitzunehmen." Was hatte die Seidenstraße nur mit ihm gemacht?

„Setz dich." Logans Finger legten sich um ihren Arm und schoben sie in Richtung des Sessels.

Sie biss sich auf die Lippe und versuchte, nicht zu weinen. „Du willst Gefühle, hier hast du sie." Sie starrte ihn an und spürte, wie eine einzelne Träne ihr Gesicht hinunterlief. „Willst du auch ein paar Schluchzer? Vielleicht mehr Tränen?"

Sie hörte Logan murmeln. Dann kniete er sich neben sie. „Wage es bloß nicht zu weinen."

Die Worte waren harsch, aber sie hörte die Panik dahinter. Ein großer, harter Mann wie Logan, eingeschüchtert durch die Tränen einer Frau? Es brachte sie fast zum Lachen. „Du wolltest doch wissen, ob ich etwas fühle …"

„Keine verdammten Tränen", wiederholte er.

„Gott, du bist so frustrierend."

Er berührte ihr Knie. „Wir werden deinen Bruder finden, Syd."

„Nenn mich nicht Syd."

„Ich mag es."

„Du ..."

Plötzlich sprang die Tür auf.

Sydney drehte sich um, während bereits Kugeln in die Wand über ihnen einschlugen.

Logan riss sie von ihrem Sessel herunter und zog sie auf den Boden. Die Luft wurde ihr aus den Lungen gepresst, und sie hätte nicht schreien können, selbst wenn sie gewollt hätte. Logans großer Körper bedeckte ihren, während um sie herum weitere Schüsse fielen.

LOGAN LEGTE sich schützend über Sydney. Er hob den Kopf und sah, wie Schüsse in die Couch neben ihm einschlugen.

Verdammt. Er griff in seinen Holster und zog seine Desert Eagle heraus, während er seine Lippen auf Sydneys Ohr presste. „Bleib unten."

Dann setzte er sich auf und erwiderte das Feuer. Aber so in die Enge getrieben, hatte er keine Chance, die Angreifer zu erwischen. Sie versteckten sich hinter der Wand im Eingangsbereich.

Also ging er in die Knie und hechtete quer durch den Raum zur zweiten Couch. Er hörte weitere Schüsse, während er sich abrollte und dann flach auf den Boden drückte.

Plötzlich hörte er Stimmen, dann Schritte. Er kam hoch und schoss.

Ein Mann, sein Gesicht war von einer schwarzen Maske verdeckt, wich aus, während sich ein zweiter auf Logan stürzte und hart mit ihm zusammenstieß. Gemeinsam schlugen sie mit einem lauten Knall auf dem Couchtisch auf. Logan rang ihn nieder und verpasste ihm einen kräftigen Schlag ins Gesicht, woraufhin der Mann aufstöhnte. Ein zweiter Schlag, und der Angreifer fiel ohnmächtig zurück.

Weitere Schüsse. Logans Brust zog sich zusammen. *Sydney.*

Er kämpfte gegen den Drang an, aufzustehen und loszurennen. Trotzdem spähte er über den Rand der Couch. Sydney suchte immer noch Deckung hinter der anderen Couch, aber ein Seidenstraßen-Gangster näherte sich ihr mit der Waffe in der Hand.

Scheiße. Doch bevor Logan sich bewegen konnte, schnellte Sydney hoch und hielt dabei eine Lampe in den Händen. Sie schwang sie mit voller Wucht und knallte sie dem Kerl an den Kopf.

Verdammt, ja. Dann stürmte ein weiterer Mann durch die Vordertür herein und versetzte Logan einen fiesen Tritt in die Seite. Er taumelte und seine Waffe flog ihm aus der Hand.

Wut stieg in ihm auf. Er packte den Angreifer am Hemd, und mit einem Brüllen hob er ihn hoch und schleuderte ihn Richtung Balkontür.

Glas zersplitterte. Der Mann der Seidenstraße schrie,

als er vom Balkon stürzte. Logan war nun froh, dass sie nicht im oberen Stockwerk waren.

Er drehte sich um und sah, wie der andere Mann mit Sydney kämpfte. Blut lief über eine Wange und ihr Gesicht war konzentriert. Der Mann war viel größer als sie.

Logan gab ein Knurren von sich und stürzte in ihre Richtung.

Plötzlich ließ sich Sydney nach hinten fallen, zog den Angreifer mit einer geschmeidigen Bewegung mit sich, und er stürzte über sie hinweg und knallte auf den Boden hinter ihr.

Sie sprang wieder auf die Beine und versetzte dem Mann einen harten Schlag gegen die Kehle.

Logan brüllte auf und griff an. Er packte den am Boden liegenden Mann und schlug auf ihn ein.

„Logan. Stopp. *Logan.*"

Er setzte die harten Schläge fort, die Wut in ihm war animalisch.

„Logan." Er spürte, wie eine schlanke Hand über seine Wange strich, und sah zu ihr auf.

„Du musst dich wieder unter Kontrolle kriegen."

Er knirschte mit den Zähnen und zügelte seine Kampfeswut, während er einen tiefen Atemzug machte.

„Wieder da?", fragte sie.

Seine Brust hob sich und er nickte. Sein Blick richtete sich auf den hässlichen Kratzer an der Seite ihres Gesichts. Das Blut auf ihrer glatten Haut gehörte da nicht hin. „Er hat dich geschlagen."

„Ist nur ein Kratzer. Und du ...", sie warf einen Blick

auf den stöhnenden Angreifer, „hast ihn halb totgeprügelt. Mir geht es gut, Logan."

„Bist du dir sicher?"

Sie nickte.

Logan hatte sich wieder unter Kontrolle und stand auf, während sein Gehirn zu verarbeiten begann, was hier gerade geschehen war. Er zog die Kabelbinder, die er immer bei sich trug, aus seiner Hosentasche und fesselte den Angreifer. „Gute Idee mit der Lampe. Und wie du ihn über deinen Kopf geworfen hast. Er muss bestimmt doppelt so viel wiegen wie du."

„Ich schätze, ich hatte Glück. Dank des Adrenalins." Sie wandte den Blick ab und trat einen Schritt zurück. „Rückblickend bin ich wirklich froh, dass ich mal diesen Selbstverteidigungskurs mitgemacht habe. Das hat sich heute wohl bezahlt gemacht."

Sie hatte sich wieder im Griff und sah jetzt wieder so kühl aus wie ein Gletscher. Außerdem hatte sie ihn angelogen.

Erinnerungen an eine andere Frau – eine, die ihn belogen und betrogen und ihn und sein SEAL-Team fast getötet hatte – wurden in seinem Kopf wach.

Mit einem bitteren Geschmack im Mund trat er auf Sydney zu und drückte sie mit dem Rücken gegen die Wand, wo sie gegen ein abstraktes Gemälde stieß, das zu Boden krachte. Ihre großen blauen Augen starrten zu ihm auf.

„Logan ..."

Er hielt ihre Hände auf beiden Seiten ihres Kopfes fest. „Wer zum Teufel bist du?"

„Was meinst du?"

„Wer. Bist. Du?"

Die Farbe war aus ihrem Gesicht gewichen. „Sydney Granger ..."

„Hör auf zu lügen." Die Worte schossen aus ihm heraus wie ein Kugelhagel.

„Ich bin Sydney Granger, CEO von Granger Industries."

Er bewegte sein Gesicht dicht vor ihres. „Genug davon. Ich habe dich gerade kämpfen sehen. Ganz selbstverständlich und routiniert. Kein Modepüppchen der oberen Zehntausend bewegt sich so."

„Selbstverteidigungs—"

„Hör auf zu lügen!" Er konnte es nicht ausstehen, wie sie ihm direkt ins Gesicht log. Dann merkte er, wie ihr der Atem stockte. „Ja, du solltest Angst haben." Er knirschte mit seinen Zähnen. „Du bist eine ausländische Agentin. Oder du arbeitest undercover für die Seidenstraße."

Ihr Blick schnellte zu ihm hoch. „Was? Nein!"

„Wer bist du dann?"

Sie schluckte. „Das habe ich dir schon gesagt, Logan. Ich kann nicht über meine ... frühere Beschäftigung sprechen. Das ist geheim."

Er knurrte und zog sie von der Wand weg. Plötzlich schossen ihre Hände nach oben, brachen seinen Griff, und sie schlug ihm auf die Nase. Als der Schmerz explodierte, brüllte er, während sie versuchte, sich an ihm vorbeizudrücken.

Er packte ihre Bluse und schleuderte sie herum. Sie flog zur Seite und schlug gegen die Rückenlehne der Couch. Als sie mit einem Bein nach ihm trat, traf ihr

Stiefel ihn tief in den Bauch. Er biss die Zähne zusammen und beugte sich über ihren Körper, um sie an der Rückenlehne der Couch zu fixieren.

Sie wehrte sich gegen ihn und versuchte, sich zu befreien, aber er war zu groß und zu stark.

Schließlich gab sie auf und atmete tief durch. „Ich war bei der CIA."

KAPITEL VIER

S ydney spürte, wie die Wut aus Logans großem
Körper regelrecht herauspulsierte. „Kannst du mal
von mir runtergehen?"

„Nein." Seine Lippen berührten ihr Ohr. „Du
wurdest geschickt, um uns auszuspionieren ..."

„Nein, Logan. Ich bin nicht mehr bei der CIA. Ich
war nie undercover und habe nicht oft international gearbeitet. Ich war unter inoffizieller Tarnung und habe
ausländische Geschäftsleute und Würdenträger, die
krimineller oder terroristischer Aktivitäten verdächtigt
wurden, heimlich mit Überwachungsgeräten versehen.
Ich habe einfach die richtigen Partys und Veranstaltungen besucht, und die CIA trat vor einigen Jahren an
mich heran. Das war es auch schon."

„Ich kannte einmal eine hübsche ausländische Agentin, die sich an mich heranmachte, immer lächelnd und
mit sexy Anspielungen. Sie sagte all die richtigen Dinge,
trank Bier wie ein Profi, spielte Pool und lutschte mit

Hingabe Schwänze. Ich war ein Idiot und habe ihre Lügen nicht erkannt, bis es zu spät war."

O verdammt. Sydney schloss die Augen. Der Zorn und Selbsthass in seiner Stimme machten etwas mit ihr. „Das tut mir leid. War das, als du noch ein SEAL warst?"

Sie spürte, wie sich seine Brust hob. „Ja. Damals war ich ein naiver Trottel, aber das bin ich heute nicht mehr."

Er drehte sie herum und eine Sekunde später warf er sie sich über seine breite Schulter.

„Logan!" Sie hämmerte mit ihren Handflächen auf seinen Rücken.

Er ignorierte sie und trug sie aus dem Raum, nahm zwei Treppenstufen auf einmal und stürmte in sein Zimmer. Dort ließ er sie auf einen Stuhl fallen.

Bevor sie etwas tun oder sagen konnte, zog er weitere Kabelbinder aus seiner Tasche und fesselte ihre Hände an die Armlehnen des Stuhls.

„Was?" Sie starrte ungläubig auf ihre gefesselten Hände.

„Ich muss den Sicherheitsdienst des Hotels informieren und mich um die Angreifer kümmern." Sein Gesicht hatte einen harten Ausdruck angenommen. „Du bleibst hier."

Er ging zum Telefon und nahm den Hörer ab. Gleich darauf sprach er in ziemlich gutem Spanisch mit dem, was sie für den Sicherheitsdienst des Hotels hielt. Während er ihr den Rücken zuwandte, prüfte sie die Fesseln. Sie rührten sich keinen Millimeter. Also ließ sie sich im Stuhl zurücksinken. Verdammt, starrköpfiger Mann.

Es dauerte nicht lange, bis er den Hörer auflegte. Er warf ihr einen langen Blick zu, dann ging er zu seiner Tasche, kniete sich nieder und öffnete einen kleinen Erste-Hilfe-Kasten. Aus diesem zog er ein antiseptisches Tuch und begann, die Wunde an ihrer Wange abzutupfen. Sie atmete zischend aus und beobachtete ihn aufmerksam.

„Ist nicht schlimm", erklärte er, seine Stimme klang rau. „Da wird keine Narbe bleiben."

„Darüber mache ich mir im Moment keine Sorgen. Logan, ich war wirklich bei der CIA, arbeite aber nicht mehr für sie."

„Warum bist du gegangen?"

Sie sah auf ihre gefesselten Handgelenke hinunter. „Ich habe nach dem Tod meines Vaters aufgehört."

„Du lügst mich immer noch an."

Sie hob ihr Kinn. „Du hast nicht das Recht, alles über mein Leben zu wissen. Jetzt mach mich endlich los."

Er starrte sie nur an.

„Gott verdammt, Logan. Mein Vater ist bei einer Bombenexplosion in einem Hotel ums Leben gekommen. Der Terrorist, der dafür verantwortlich war ... ich sollte ein Abhörgerät in seinem Zimmer platzieren." Die Worte fühlten sich wie aus ihrer Seele gerissen an. „Es ist mir nicht gelungen ... und mein Dad ist gestorben."

Logan starrte sie noch eine Sekunde lang an, dann zog er ein großes Messer heraus. Ihr Puls beschleunigte sich, während er sie vorsichtig freischnitt.

Sie rieb sich die Handgelenke, ohne ihn dabei anzuschauen.

„Ein Terrorist hat deinen Vater getötet, Sydney. Nicht du."

Oh, das wusste sie, rational betrachtet. Aber manchmal, wenn Gefühle im Spiel waren, hatte die Logik keine Chance.

„Hey." Er hob ihr Kinn an. „Es war nicht deine Schuld."

Diese einfachen Worte hätten nicht so eine Wirkung auf sie haben dürfen. Sie starrte auf sein T-Shirt, und da bemerkte sie, dass es auf einer Seite nass war. Da es schwarz war, hatte sie es vorher nicht bemerkt.

„O mein Gott, du blutest ja." Sie packte den Saum und schob ihn hoch. Dann keuchte sie auf. „Du wurdest angeschossen!"

Er zuckte mit den Schultern. „Nur ein bisschen."

Panik überkam sie. „Du kannst nicht nur ein *bisschen* angeschossen sein, Logan. Ich bin kein knallharter ehemaliger Navy SEAL, aber selbst ich weiß das."

Sie zog ihm das T-Shirt über den Kopf, und er grummelte, ließ sie aber gewähren. Für eine Sekunde wurde sie wieder von diesen Muskeln abgelenkt. Aus der Nähe erblickte sie Narben auf seiner Haut, darunter auch etwas, das wie eine verheilte Schusswunde aussah.

„Es ist nicht schlimm", meinte er.

Er hatte recht, es war nicht schlimm. Die Kugel hatte nur seine Flanke gestreift. Sie tastete die Wunde dennoch vorsichtig ab. „Tut es weh?"

Goldene Augen bohrten sich in ihre. Plötzlich wurde ihr bewusst, wie nahe sie sich waren.

„Nein." Er schluckte einen Fluch hinunter. „Sie mich nicht so an."

Sie spürte die Hitze zwischen ihnen aufsteigen und wurde nervös. „Wie denn?"

„Genau *so*." Er packte ihre Hand und zog sie von seiner Brust weg. „Ich traue dir nicht."

Ihr Herz setzte einen Schlag lang aus. Verdammt, das tat mehr weh, als es sollte.

Er senkte seinen Kopf, ihre Lippen waren nur wenige Zentimeter voneinander entfernt, und sein Gesicht war noch vom Kampf gezeichnet. So nah an seinem großen Körper zu sein, ließ sie sich klein fühlen.

Die Tür flog auf und Declan stürmte in den Raum. „Was zum Teufel ist passiert?"

Sydney und Logan sprangen auseinander. Als sie sich die Haare glättete, spürte sie Declans Blick auf sich. Sie wusste, was er sah – ihre zerzausten Haare und Logans nackte Brust.

„Die Seidenstraße hat uns einen Besuch abgestattet", berichtete Logan.

Declan fluchte. „Geht es euch beiden gut?"

„Logan hat sie verjagt. Er wurde von einer Kugel gestreift."

Logan sah sie an. „Sydney hat sich wacker geschlagen."

Überrascht sah sie zu ihm auf. Sie glaubte, ein leises Lob in seinem Tonfall zu hören.

„Leider stellte sich heraus, dass sie uns nicht die ganze Wahrheit erzählt hat", fügte er schroff hinzu.

Jetzt hörte sie nur noch Verbitterung. Sie wandte sich an Logan. „Ich habe früher für die CIA gearbeitet und nicht gelogen, es war *geheim* und ist nicht mehr relevant."

Declan fuhr sich mit der Hand durch die Haare. „O Gott. Okay."

In diesem Moment trafen Morgan und Hale ein.

„In Ordnung", entschied Declan. „Alle hinsetzen."

„Veranstaltest du eine Stripshow, O'Connor?" Morgan grinste Logan an. „Wenn ja, dann will ich Popcorn."

Logan zeigte Morgan den Stinkefinger und ging zu seiner Tasche hinüber. Er holte ein paar weitere Dinge aus dem Erste-Hilfe-Kasten und begann, seine Wunde abzutupfen. Als er fertig war, legte er einen Verband darüber und zog sich ein sauberes T-Shirt an.

Sydney beobachtete ihn, und ein Teil von ihr bedauerte, dass er sich wieder verhüllte. Sie ließ ihren Blick über seine Tätowierungen schweifen – den faszinierenden Wolf und die Kratzspuren. Als sie den Kopf drehte, sah sie, wie Morgan sie angrinste.

Sydney setzte sich auf das Ende der Couch und richtete ihren Blick auf etwas anderes. Zum Beispiel auf die beigefarbene Wand.

„Darcy hat angerufen. Das FBI hatte nichts Neues für uns. Im Polizeibericht habe ich auch nicht viel gefunden", begann Declan. „Ich habe aber bestätigt bekommen, dass die Beschreibung des Mannes, der verfolgt wurde, definitiv auf deinen Bruder zutrifft. Und ich habe erfahren, dass die Gruppe von Männern, die Drew verfolgt hatten, schwarze Masken trugen."

Sydney versteifte sich. „Die Männer, die uns angegriffen haben, trugen auch schwarze Masken."

„Die Seidenstraße", kommentierte Logan düster. „Drews Kleidung und seine Hygieneartikel sind noch in seinem Zimmer. Aber Sydney sagt, sein Tablet und sein

Laptop fehlen. Und sein Zimmer ist definitiv durchsucht worden."

Sydney sah auf. „Das hast du mir vorhin nicht gesagt."

„Es war saubere Arbeit. Sie wollten sicherstellen, dass niemand etwas bemerkt."

Declan tippte mit den Fingern auf die Armlehne des Stuhls. „Klingt also nicht so, als hätte er gepackt und wäre freiwillig gegangen."

Sydneys Herz krampfte sich zusammen.

„Wir haben ein paar Notizbücher gefunden." Logan zog sie heraus und legte sie auf den Couchtisch.

Sydney beugte sich vor und öffnete das erste. „Sieht aus wie einige seiner Notizen zu den Nachforschungen über die Wolkenkrieger."

„Morgan, Hale, habt ihr etwas herausgefunden?", fragte Declan.

Morgan schüttelte den Kopf. „Niemand hat etwas gesehen, oder sie haben zu viel Angst, darüber zu sprechen."

Sydney blätterte eine weitere Seite im Notizbuch um und strich mit dem Finger über Drews unordentliche Handschrift. Egal, was ihr Vater ihm an Belohnung angeboten hatte, Drew hatte nie eine ordentliche Schrift entwickelt. „Er hat viele Notizen und Skizzen hier drinnen gemacht." Sie studierte einige der handgezeichneten Bilder. Er war schon immer ein begnadeter Künstler gewesen und einfach in allem gut, was er anfing. Ihre Kehle schnürte sich zu. Sie konnte ihren einzigartigen, liebevollen Bruder nicht verlieren. Dann blätterte sie zur nächsten Seite.

Und erstarrte.

„Was ist los?" Logan rückte näher und setzte sich auf die Armlehne der Couch.

Sie erkannte, dass es für die meisten Leute nur wie weitere Notizen und Kritzeleien aussehen würde. Aber einige der Sätze wirkten eher wie Kauderwelsch. Die Buchstaben waren durcheinander und bildeten unsinnige Wörter.

„Ich glaube ..." Sie sah auf. „Ich glaube, Drew könnte mir hier drinnen eine Nachricht hinterlassen haben. Ich brauche Papier und einen Stift."

Eine Sekunde reichte gab ihr Morgan einen Hotel-Notizblock mit einem Stift.

„Als wir Kinder waren, haben wir uns gegenseitig verschlüsselte Nachrichten geschrieben. Drew hatte das erfunden. Ich habe euch ja gesagt, dass er einen wirklich hohen IQ hat. Er liebte Rätsel und Codes. Das hier sieht aus wie eine dieser geheimen Nachrichten, die wir uns früher geschrieben haben." Sie zeigte auf den Abschnitt mit dem Kauderwelsch.

Sie nahm den Hotel-Notizblock und machte sich an die Arbeit, die Nachricht zu entschlüsseln. Es war Jahre her, dass sie das getan hatte, und sie konnte sich nicht mehr genau an den gesamten Vorgang erinnern. Sie radierte einige Wörter aus und versuchte es erneut. Das war schon besser. Sie blätterte die Seite in Drews Notizbuch um, entdeckte noch mehr vertauschte Buchstaben und begann, auch diese zu entschlüsseln.

Sie spürte, dass die anderen sie beobachteten, und machte weiter, bis sie sich schließlich mit klopfendem

Herzen zurücklehnte. Dann starrte sie auf die Worte, die sie geschrieben hatte.

Schwesterherz, böse Jungs sind hinter mir her. Sie wollen den Schatz der Wolkenkrieger. Ich bin nach Chachapoyas gegangen. Hab dich lieb.

Wann hatte Drew das geschrieben?

„Er ist zu den Chachapoyas gegangen?" Logan runzelte die Stirn. „Was soll das denn genau bedeuten?"

„Chachapoyas ist auch die größte Stadt des abgelegenen Andengebiets, in dem die Wolkenkrieger lebten. Sie wurde nach ihnen benannt."

„Verdammt." Logans Stimme war ein tiefes Grollen.

Sie sah auf. „Was?"

Dann beobachtete sie, wie er mit Declan Blicke austauschte. Es brauchte nicht viel, um zu erkennen, dass die beiden sich auch ohne Worte perfekt verständigen konnten. Sie hatte noch nie einen solchen Freund gehabt, und es war faszinierend, diese Verbindung zwischen ihnen zu beobachten.

„Ich glaube, die Seidenstraße hat uns angegriffen, weil sie *dich* haben wollen", erklärte Logan.

Sie runzelte die Stirn. „Ich kann dir nicht ganz folgen. Sie verlangten doch Lösegeld ..."

„Sie haben deinen Bruder nicht", ergänzte Declan.

Sie blinzelte. „Aber er ist doch verschwunden."

„Die Seidenstraße braucht kein Geld, Sydney. Die Lösegeldforderung war nur ein Mittel, um dich hierherzulocken." Logan legte ihr eine Hand auf die Schulter. „Ich glaube, dein Bruder hat etwas Wertvolles entdeckt. Etwas, das die Seidenstraße haben will. Aber ich vermute, er ist ihnen entwischt."

Sie holte tief Luft. „Aber was habe ich dann damit zu tun?"

„Die Männer der Seidenstraße wollen dich hier in Peru haben, damit du Drew für sie findest."

Sydney schlang die Arme um ihre Mitte. „Wir müssen ihn finden, bevor es ihnen gelingt. Wir müssen nach Chachapoyas."

LOGAN STAND auf und verließ das Flugzeug. Am oberen Ende der Gangway blieb er stehen und sah sich um. Die Gegend war von nebelverhangenen Bergen umgeben. Der Flughafen von Chachapoyas war klein, mit einer einzigen Landebahn und einem einfachen weißen Gebäude, das als Terminal diente. Die Luft hier war kühler, aber immer noch angenehm. Er setzte seine Sonnenbrille gegen die grelle Sonne auf.

Hinter ihm verließ Sydney das Flugzeug. Sie war gut gekleidet, trug eine weiße Bluse und eine gut sitzende hellbraune Hose. Damit sah sie aus, als wäre sie direkt den Seiten eines verdammten Modemagazins entstiegen. Sie wirkte ganz sicher nicht wie eine ehemalige CIA-Agentin.

Sydney setzte ihre eigene Sonnenbrille auf. „Du starrst."

Er ignorierte sie und ging die Gangway hinunter. In der Nähe des Terminals warteten zwei schwarze SUVs. Wie immer war Darcy sehr effizient darin, alles zu organisieren, was sie brauchten.

Declan ging zum vorderen Geländewagen und

öffnete die Tür auf der Fahrerseite. „Wir werden uns aufteilen. Morgan, Hale und ich werden uns in der Stadt umsehen, um zu prüfen, ob wir etwas Verdächtiges oder Mitglieder der Seidenstraße entdecken können. Darcy konnte ausfindig machen, wo dein Bruder wohnte, während er hier war. Er hatte ein Zimmer in einem kleinen Hotel namens Casa Andes gemietet. Im Flugzeug habe ich schon den Besitzer angerufen. Er hat nichts dagegen, wenn ihr euch das Zimmer anseht." Decs Gesicht war ernst. „Meinst du, dein Bruder hat dir noch eine weitere Nachricht hinterlassen?"

„Das hoffe ich", antwortete Sydney.

„Du und Logan, ihr fahrt zum Hotel und seht euch um. Schaut, was ihr herausfinden könnt." Dec warf einen Blick auf Logan. „Lass uns diesmal versuchen, das Hotelzimmer nicht zu zerschlagen oder zu zerschießen."

„Ich war das nicht. Das war die Seidenstraße."

Als Antwort stieg Dec einfach in seinen Geländewagen.

Bald schon manövrierte Logan seinen SUV durch den leichten Verkehr von Chachapoyas. Sydney schaute interessiert aus dem Fenster. Sie passierten den Hauptplatz. Er war von hübschen weißen Gebäuden mit vielen Bögen gesäumt, die mit Terrakotta-Ziegeln gedeckt waren. Eine große, weiße Kirche beherrschte den Platz.

„Wenn die Umstände anders wären, würde es mir hier wirklich gefallen", murmelte Sydney. „Ich würde es genießen, mir all die Ruinen in der Gegend anzuschauen."

Logan konnte sich zwar bessere Möglichkeiten

vorstellen, seine freie Zeit zu verbringen, aber ja, die Stadt war schön.

„Ich glaube nicht, dass es hier für dich aufregend genug ist. Keine High-Society-Partys und keine geheimen CIA-Missionen, die du durchziehen musst." Er wusste, dass er sich wie ein Arschloch verhielt, aber er konnte eben nicht anders. Die Tatsache, dass sie ihn angelogen hatte – und sei es auch nur dadurch, dass sie einen Teil der Wahrheit weggelassen hatte –, stachelte ihn regelrecht an.

Sie drehte sich in ihrem Sitz um. „Ich verstehe, dass du immer noch wütend bist. Aber du musst das jetzt ruhen lassen. Mein früherer Job ist hier nicht relevant."

Er grunzte, und sie wandte sich ab, um wieder aus dem Fenster zu schauen.

Logan hielt in der Nähe eines dreistöckigen, cremefarbenen Gebäudes mit vielen dunklen Holzakzenten an. Sie stiegen aus dem Wagen und gingen zur Eingangstür. Die Türen waren aus dunklem Holz geschnitzt, ebenso wie die Fensterläden.

Sie traten ein, und hinter einem Schreibtisch kam ein fröhlich aussehender Mann hervorgeeilt, offensichtlich ein Einheimischer.

„*Bienvenido!* Haben Sie eine Reservierung?"

„Ich glaube, Sie haben vorhin mit meinem Boss gesprochen, Declan Ward. Ich bin Logan O'Connor von Treasure Hunter Security."

Das Lächeln des Mannes wurde breiter. „Oh, ja. Ihr Boss ist ein sehr netter Mann. Er sagte, dass Sie eines meiner Zimmer sehen wollen, nur kurz. Kommen Sie, kommen Sie." Er winkte mit den Händen. „Mein Name ist Julio. Ich werde es Ihnen zeigen."

Er führte sie durch eine weitere Tür, und da erkannte Logan, dass das Gebäude eine U-Form hatte, mit einem zentralen Innenhof in der Mitte, der mit üppigen, grünen Pflanzen bewachsen war. Jedes Stockwerk war von einem Geländer aus dunklem Holz umgeben.

Julio führte sie einige Stufen hinauf. Er musterte die beiden aufmerksam. „Sie beide sind wirklich ein schönes Paar. Sind Sie sicher, dass Sie nicht ein Zimmer für eine Nacht, vielleicht sogar zwei, brauchen?"

Sydney gab einen erstickten Laut von sich. „O nein. Wir sind kein Paar. Nein." Sie schüttelte den Kopf. „Auf keinen Fall."

„Ich glaube, er hat die Botschaft schon beim ersten Mal verstanden", brummte Logan.

Julio blieb vor einer der Türen stehen und zog einen großen Schlüsselbund hervor. „Wirklich? Kein Paar?" Er lächelte Sydney an. „Ihr großer Mann beobachtet Sie aber, als ob Sie ihm gehören."

Logans Augenbrauen schossen hoch. *Was?*

Doch dann öffnete Julio die Tür und winkte sie hinein. „Nehmen Sie sich Zeit. Ich habe schöne, saubere Zimmer. Wenn Sie es sich anders überlegen und bleiben wollen, mache ich Ihnen ein gutes Angebot." Er ging zurück in Richtung Treppe.

Logan richtete seine Aufmerksamkeit auf das Zimmer. Es war einfach, nichts Ausgefallenes. Es gab zwei Betten mit farbenfrohen Decken – ein Doppelbett und ein Einzelbett. In einer Ecke standen ein Schreibtisch aus dunklem Holz und ein klappriger Stuhl, und an der hinteren Wand ein solide aussehender Kleiderschrank. Während sie sich umsahen, steckte Logan seinen Kopf auch in das winzige Badezimmer.

Sydney untersuchte den Schrank, den Schreibtisch und die Nachttische. Sie zog Türen und Schubladen auf, Logan hob sogar die Matratzen von den Betten.

„Hier gibt es nichts", sagte Sydney düster.

„Schau noch einmal nach. Er muss dir etwas hinterlassen haben."

Aber auch eine zweite gründliche Durchsuchung des gesamten Zimmers und des Badezimmers ergab nichts. Sie ließ sich auf das Bett sinken, die Hände zwischen die Knie geklemmt. „Was sollen wir jetzt tun? Muss ich etwa die gesamten Anden absuchen, um ihn zu finden?"

Logan hörte die Niedergeschlagenheit in ihrem Tonfall. Ein Teil von ihm wollte einen Arm um sie legen, aber er sträubte sich dagegen. Sie hatte ihn und die anderen vielleicht nicht direkt angelogen, aber sie hatte auch eine ziemlich wichtige Tatsache verheimlicht. Er würde – konnte – ihr nicht vertrauen.

„Dein Bruder ist nicht auch etwa ein CIA-Agent, oder?"

Sydney gab einen wütenden Laut von sich, und bevor Logan begriff, was sie vorhatte, schnellte sie vom Bett und prallte gegen ihn. Überrascht fiel Logan hin und schlug auf dem Teppichboden auf, während Sydney auf ihm landete.

Er blickte auf und sah, wie Wut ihr Gesicht anspannte und Zorn in ihren blassblauen Augen loderte. Endlich waren Emotionen durch das Eis gebrochen. Mit ihren Beinen presste sie seine Arme gegen seinen Körper, und ihre schlanken, aber erstaunlich starken Schenkel klammerten sich um ihn.

„Hör mir zu, Hornochse. Ich habe dir vielleicht nichts über meine jetzt nicht mehr relevante frühere Beschäftigung erzählt ...“

„Fühlt sich für mich immer noch relevant an“, knurrte er.

Sie rammte ihr Knie in seine Seite und er stöhnte auf.

Verdammt. Er bekam einen Ständer und war sich ziemlich sicher, dass sie das nicht beabsichtigt hatte.

„Es tut mir leid, dass du getäuscht und reingelegt wurdest. Es tut mir leid, dass dir jemand eine heiße Venusfalle geschickt hat, die genau dein Typ war, und auf die du reingefallen bist. Zum Glück für uns beide bin ich eindeutig nicht dein Typ und bestimmt nicht die, die du willst. Du und ich, wir sind wie Katz' und Maus. Ich brauche kein großes, zotteliges, permanent schlecht gelauntes Alphamännchen, das mir die ganze Zeit ins Gesicht glotzt. Du wurdest betrogen, Logan, komm darüber hinweg. Wenn du dumm genug warst, geheime Informationen an diejenige weiterzugeben, die dein Bett mit dir geteilt hat, musst du aus diesem Fehler einfach lernen.“

Logan biss die Zähne zusammen. „Ich habe nie geheime Informationen weitergegeben.“

Sydney holte tief Luft. „Warum regst du dich dann immer noch so darüber auf?“

„Weil ich ihr verdammt noch mal genug gegeben habe und sie dann einige Vermutungen angestellt hat, um die Lücken selbst zu füllen. Mein SEAL-Team war auf einer Mission in Nordafrika und wir gerieten in einen Hinterhalt."

Sydney wurde ganz still. „Logan ..."

„Es ist niemand gestorben." Gott, er hatte das Gefühl, dass ihm die Worte regelrecht aus dem Mund gerissen wurden. Er wusste nicht einmal, warum er ihr das alles erzählte. „Aber ein guter Mann hat eine Kugel in die Wirbelsäule abbekommen und wird nie wieder gehen können. Also werde ich nicht einfach so darüber hinwegkommen."

„Das tut mir leid, Logan", sagte sie leise.

Er wollte auf keinen Fall weiter darüber reden. Als sie ihren Körper ein wenig bewegte, weiteten sich plötzlich ihre Augen. Konnte sie bemerkt haben, dass sein harter Schwanz zwischen ihre Beine stieß?

„Ähm ..." Die Erkenntnis zauberte eine schöne Röte auf ihre Wangen.

„Du hast gesagt, du wärst nicht die, die ich will", murmelte er. „Da hast du dich geirrt."

Sydneys Blick begegnete seinem. Ihre Augen waren so groß, dass er den dunklen blauen Ring um die blassere Farbe ihrer Iriden sehen konnte. An der Seite ihres schlanken Halses schlug ihr Puls schneller.

Weil er eben ein primitiver Idiot war, stemmte er seine Hüften hoch und presste seinen Schwanz gegen sie. Ihre Hände umklammerten sein T-Shirt und griffen in den Stoff.

„Ich kann verdammt noch mal nicht aufhören, an dich zu denken", knurrte er. „Ich will wissen, was sich unter deiner kühlen Fassade verbirgt."

„Das ist eine schlechte Idee. Du und ich. Nein ... einfach nein."

„Warum lässt du mich dann nicht in Ruhe?"

Sie drückte ihre Augen zu. „Verdammt."

Und in diesem einen Wort hörte Logan alles, was ihm bisher noch gefehlt hatte. Er bäumte sich auf und presste seinen Mund auf ihren. Sie bewegte ihre Beine so weit auseinander, dass er seine Arme befreien konnte. Ihre Hände glitten an seinen Schultern entlang, bevor sie sich in seinem Haar verhedderten. Sie erwiderte seinen Kuss.

Er ging weder langsam noch sanft vor. Dieser Kuss war hart, sie benutzten ihre Zähne, setzten ihre Zungen ein. Es war ein Kampf, keine Verführung.

Plötzlich riss sie ihren Kopf zurück, stolperte auf die Füße und schob sich das zerzauste Haar aus ihrem Gesicht.

„Sydney ..."

„Nein. Ich möchte jetzt nicht darüber reden. Später."

Logan holte tief Luft und sprang auf. Er versuchte, die Reaktion seines entflammten Körpers zu kontrollieren. „Syd."

„Konzentrieren wir uns einfach darauf, meinen Bruder zu finden. Deswegen sind wir schließlich hier." Sie wandte sich von Logan ab.

Job, verschollener Bruder. *Richtig.* „Dein Bruder ist schlau, nicht wahr? Er hat bestimmt einen Hinweis für dich hinterlassen. Irgendwo."

„Vielleicht nicht im Hotel. Vielleicht irgendwo anders." Sie runzelte die Stirn.

„Gibt es noch andere Wege, auf denen er dir Nachrichten hinterlassen haben könnte? Ähnlich wie die verschlüsselten Codes, die ihr euch gegenseitig geschickt habt?"

Frustration zeichnete sich auf ihrem Gesicht ab. „Die Codes waren der häufigste Weg. Und ..."

Als sie verstummte, drehte sich Logan um. „Und was?"

„Das ist albern. Er hat es nicht oft gemacht ... es ist wahrscheinlich nichts."

„Erzähl mir davon."

„Er benutzte den Spiegel in meinem Badezimmer, um mir darauf kurze Mitteilungen zu schreiben. Mit Seife schrieb er eine Nachricht und wischte sie dann so weit wieder ab, dass man sie nicht bemerkte. Wenn dann der Dampf von der Dusche aufstieg, erschienen die Worte wieder."

Logan ging ins Badezimmer, drehte den Wasserhahn im Waschbecken auf und ließ ihn auf heiß gestellt laufen. Dann griff er nach der Dusche und tat dasselbe.

Wenig später füllte Dampf das Badezimmer. Sydney stand neben ihm, ihr Gesicht angespannt, und starrte auf den Spiegel.

Logan steckte die Hände in die Taschen. Verdammt, wenn eine Reinigungskraft hier gewesen war, hatte sie die Nachricht, sofern Drew Granger eine hinterlassen hatte, vielleicht schon weggewischt. Logan beobachtete, wie der Spiegel zu beschlagen begann. Sie warteten.

Zuerst dachte er, es wäre nichts zu sehen. Dann bemerkte er, wie die Buchstaben wie eine geisterhafte Botschaft erschienen. Es war nur ein einziges Wort.

Kuelap.

Logan runzelte die Stirn. „Was zum Teufel ist Kuelap?"

Neben ihm strahlte Sydney. „Ich kenne das Wort aus Drews Notizen. Es ist eine Chachapoya-Stätte. Sie liegt nicht weit von der Stadt entfernt und ist ein beliebtes Touristenziel."

„Okay, lass mich Dec informieren. Wir treffen uns mit den anderen."

„Logan." Sie ergriff seinen Arm, und er spürte, wie ihre Berührung durch sein Shirt hindurch brannte. „Danke, dass du mich nicht hast aufgeben lassen."

Er hob sein Kinn an. „Das ist mein Job."

Ihr Lächeln verblasste und sie nickte. „Lass uns die anderen suchen und nach Kuelap fahren."

KAPITEL FÜNF

Sydney saß auf dem Beifahrersitz des Geländewagens und versuchte, nicht nervös herumzurutschen. Aber sie war einfach so aufgeregt. Sie kamen Drew immer näher, das konnte sie spüren. Noch einmal zog sie seine Notizbücher heraus und fand die Seiten, die sich auf die Wolkenkriegerstätte Kuelap bezogen.

Logan brachte den Geländewagen in der Nähe des Hauptplatzes von Chachapoyas zum Stehen. Eine Sekunde später hielt der andere Wagen neben ihnen an. Logan und Declan kurbelten ihre Fenster herunter.

„Was hast du gefunden?", fragte Declan.

Sydney lehnte sich vor. „Drew hat mir eine weitere Nachricht hinterlassen. Es war nur ein Wort – Kuelap."

„Und das bedeutet?", fragte Declan.

„Die berühmteste der Wolkenkrieger-Ruinen. Sie ist etwa zwei Autostunden von hier entfernt, befindet sich auf dem Gipfel eines Hügels und ist als Machu Picchu von Nordperu bekannt. Es handelt sich um eine Festung und eine ummauerte Stadt, die größte Ruine aus der Prä-

Inka-Zeit in ganz Südamerika. Sie wird zwar von Touristen besucht, liegt aber ziemlich abgelegen, so dass sie nicht so überlaufen ist wie die bekannteren Inka-Ruinen im Süden.

„In Ordnung", meinte Declan. „Sieht so aus, als ob wir als Nächstes dorthin fahren müssen. Hast du eine Wegbeschreibung?"

„Ja."

„Irgendein Anzeichen von der Seidenstraße?", fragte Logan.

„Nichts." Declan runzelte die Stirn. „Stell dein Fahrzeug ab. Wir können alle mit einem Wagen zu diesen Ruinen fahren."

Sydney fand sich zwischen Morgan und dem Fenster eingezwängt wieder. Logan saß mit Declan vorne.

Sydney schaute aus dem Fenster, als die Stadt lichten Waldabschnitten und kleinen Dörfern wich. In der Ferne sah sie die Berge, die mit dichtem Wald bedeckt waren, und über einigen hingen tiefe Wolken wie eine weiche Decke, die den Nebelwäldern einst ihren Namen gegeben hatten.

Sie sah sich jedes kleine Detail an, bevor sie sich eingestand, dass das nur eine Ablenkung war, um nicht mehr an Logan zu denken. Und an diesen Kuss. Sie schaute nach vorn, auf seinen Hinterkopf und seine breiten Schultern. Sie war sich seiner geradezu unerträglich bewusst.

Dieser Kuss. Gott, sie sollte *nicht* mehr daran denken. Der Mann war zu groß, zu anstrengend, zu eigensinnig. Sie seufzte. Aber ein Teil von ihr war froh, dass er jetzt alles über sie wusste – wer sie wirklich war.

Sie hatte einen wichtigen Teil ihres Lebens vor ihren Freunden, ihrem Vater und sogar vor Drew verborgen gehalten. Meistens hatte sie sich damit abgefunden, dass die Leute dachten, sie sei nur eine Frau aus der guten Gesellschaft, die Kunst schätzte und auf Partys ging. Aber jetzt wussten die Menschen, die hier um sie herum waren – ehrliche, hart arbeitende Menschen, die ihr Leben riskierten, um andere zu schützen –, wer sie wirklich war.

Logan wusste es.

Sydney tippte mit den Fingern auf ihr Knie. Sie konnte verstehen, warum er wütend darüber gewesen war, dass sie ihm nichts von der CIA gesagt hatte. Er hatte ihr von dieser Agentin erzählt, einer Frau, die ihm etwas bedeutet, ihn aber dann ausgetrickst und benutzt hatte. Er musste sich selbst dafür hassen, und zu wissen, dass dadurch ein Freund verletzt worden war, musste es nur noch schlimmer gemacht haben. Ein Mann wie Logan würde sich das nicht so schnell verzeihen.

Es war nicht schwer, sich die Art von Frau vorzustellen, die Logan O'Connor auftauen lassen würde. Eine freche Frau mit viel Selbstvertrauen und einem fitten Körper, die einfach insgesamt ein bisschen wild war.

Also nicht wie Sydney.

Die anderen bemerkten nicht, dass sie still und in ihren Gedanken versunken war. Ihr lockeres Geplänkel erfüllte das Fahrzeug. Sie benahmen sich wie eine große Familie, scherzten und neckten sich gegenseitig. Vor allem Declan und Logan. Das vertraute Band zwischen ihnen war deutlich zu spüren.

Sie brauchten knapp zwei Stunden, um den Fuß des

Hügels zu erreichen, auf dem sich die Ruinen von Kuelap befanden.

Declan stieg aus dem Wagen. „Sieht aus, als wäre es ein kilometerlanger Fußmarsch hinauf zu den Ruinen." Er studierte sein Tablet. „Hier steht, dass der Weg ziemlich einfach sein sollte."

„Hast du hier oben Empfang?", fragte Sydney.

Declan lächelte. „Ich zahle ein kleines Vermögen für die besten Satellitenverbindungen. Das klappt zwar nicht immer, ist aber trotzdem jeden einzelnen Cent wert."

Logan stieg aus und betrachtete die wenigen leeren Autos, die in der Nähe parkten. „Sieht aus, als gäbe es hier nicht allzu viele Touristen."

„Nicht wie in Machu Picchu, Cuzco oder bei den Nazca-Linien", erklärte Sydney. „Erst in den letzten Jahren wurden die Straßen im Norden des Landes verbessert, so dass sich mehr Touristen abseits der ausgetretenen Pfade wagen."

Sydney zog sich eine leichte Jacke an. Hier oben war es ein wenig kühler, und sie war froh, dass es nicht Winter war. Sie spürte, dass die Luft dünner war und sie tiefer atmen musste. Alle fünf betraten den Weg, der den Hang hinaufführte. Die Aussicht in alle Richtungen war atemberaubend – das tiefe Grün der Wälder und die Berge, die sich zu den Tälern hinabsenken.

Sie gingen los und kamen an einigen knorrigen Bäumen vorbei. Der Pfad war ziemlich einfach, aber sie stellte sich vor, dass es bei Regen hier nicht sehr lustig sein würde.

Sydney sah auf, als sie die Baumgrenze hinter sich

ließen, und der Atem stockte ihr in der Kehle. „Mein Gott, das ist unglaublich."

Die Kuppe des langen, schmalen Plateaus war von einer hohen Steinmauer umgeben, die mindestens zwanzig Meter hoch sein musste. Wenn man bedachte, dass sie von einer alten Kultur vor Hunderten von Jahren errichtet worden war – wirklich beeindruckend.

Entlang der Mauer bemerkte sie einige Stellen, an denen die Steine heruntergefallen waren, aber größtenteils sahen die Mauerabschnitte noch so aus wie damals, als die Wolkenkrieger hier gelebt hatten.

Sie gingen weiter, und vor ihnen entdeckte sie einen Eingang. Der Spalt war nur wenige Meter breit und wurde von hohen Mauern flankiert. Als sie hindurchschlüpfte, hatte sie das Gefühl, eine winzige Gasse zu betreten.

Dann kamen sie zur Zitadelle von Kuelap.

Wow. Sie hatte sich schon immer für Geschichte interessiert und sogar für Drews Geschwafel über die neueste Kultur, die er erforschte, aber das hier ... sie spürte, wie ihr ein Schauer über den Rücken lief. Einen Ort wie diesen zu betreten, der praktisch immer noch von den Stimmen der Menschen widerhallte, die früher hier gelebt, geliebt und gekämpft hatten, war einfach unbeschreiblich.

Die Überreste der alten Stadt breiteten sich vor ihnen aus. Es gab viele niedrige Steinmauern, mehrere in Kreisen, die nur noch die Fundamente der Gebäude andeuteten. Sie erblickte eine Reihe von Plattformen und Terrassen in verschiedenen Höhen, um das unebene Gelände optimal zu nutzen.

In Drews Notizen stand, dass Archäologen hier Gräber und Bestattungsräume gefunden hatten, gefüllt mit Grabbeigaben, Keramiken und den als Quipus bekannten Knotenschnüren, die zur Weitergabe von Informationen verwendet wurden. Und es gab auch ein beeindruckendes Drainagesystem.

„Teilt euch auf und seht euch um", befahl Declan.

Sydney nickte, und mit Logan an ihrer Seite ging sie in die entgegengesetzte Richtung von Declan und den anderen. Vor ihnen sah sie, dass eines der Gebäude restauriert worden war. Das Haus bestand aus runden Steinmauern und war von einem kegelförmigen Strohdach gekrönt. Sie versuchte, sich vorzustellen, dass alle Gebäude so aussahen wie dieses, und das Bild in ihrem Kopf erinnerte sie an ein mittelalterliches Dorf.

„Meinem Bruder muss es gefallen haben, das hier zu sehen." Sydney schritt vorsichtig über einige umgestürzte Felsen. „All diese Geschichte, die so wenige Menschen zu sehen bekommen. Wenn man an Peru denkt, denkt man an Machu Picchu und die Inka. Die Wolkenkrieger sind vergessen."

Logan grunzte, was sie als Zustimmung deutete.

Sie gingen weiter an den bröckelnden Steinmauern entlang. Hier und da standen ein paar Leute herum. Sydney musterte ihre Gesichter und hoffte, die vertrauten blauen Augen und das Lächeln ihres Bruders in einem davon zu sehen.

Aber sie entdeckte ihn nicht. Bald erreichten sie eine Stelle an der äußeren Stadtmauer und schauten hinunter ins Tal und zu den Bergen dahinter. Der Blick auf die

Nebelwälder, die sich vor ihr ausbreiteten, raubte Sydney den Atem.

„Alles okay?"

Sie nickte Logan zu. „Ich frage mich, was Drew entdeckt hat, das so wichtig ist, dass jetzt die Seidenstraße hinter ihm her ist." Alles, was sie hier sah, waren steinerne Ruinen. Zwar ganz erstaunliche und von großem historischem Wert, aber nichts, worauf es die Seidenstraße abgesehen haben könnte.

„Etwas Wertvolles", sagte Logan.

Sie drehte sich zu ihm. „Ich habe meine eigenen Nachforschungen angestellt. Es gibt keinen sagenumwobenen verlorenen Schatz der Wolkenkrieger. Keine Gerüchte über große Reichtümer. Keine Legenden von Städten aus Gold wie in anderen Teilen dieses Kontinents. Sie haben nicht einmal irgendwelche Metalle hergestellt oder verwendet. Genau hier, an diesem Ort, hat man nur Steine, Keramiken und Stoffreste gefunden."

Logan starrte sie an. „Und doch sagtest du, dass die Inka sie regelrecht fürchteten. Dass sie in der Lage waren, sich gegen das größte Imperium der gesamten Region zur Wehr zu setzen."

Logan hatte recht. Die Wolkenkrieger mussten etwas von Wert besessen haben. Und was immer es war, hatte Drew in Gefahr gebracht.

Unten in den Ruinen sah sie einige einheimische Kinder spielen und lachen. Sie waren alle dunkelhaarig und trugen farbenfrohe Pullover. Als Sydney sie beobachtete, merkte sie, wie ein Mädchen in ihre Richtung starrte. Eine Sekunde später rannte es, flink wie eine Gazelle, auf sie zu und sprang über die Steine.

Als das Mädchen sie erreichte, schenkte es ihnen ein schüchternes Lächeln. Sydney blinzelte. Dieses Mädchen hatte blondes Haar und Sommersprossen auf der Nase. Es war vielleicht zehn oder elf Jahre alt.

Sydney hielt inne. Dieses Kind war offensichtlich eine Nachfahrin der Chachapoyas.

„Señorita Granger?"

Sydneys Rücken wurde steif. „Ja. *Sí.*"

„*Para ti.*" Das Mädchen zog einen gefalteten Umschlag heraus und hielt ihn in die Höhe. „Er sagte, du wärst schön, groß und hättest Haare wie ich", berichtete es auf Spanisch.

Sobald Sydney den Umschlag an sich genommen hatte, drehte sich das Mädchen um und rannte zurück zu seinen Freunden. Sydney betrachtete den Umschlag. Er war zerknittert und mit Schmutz beschmiert.

„Sydney?"

Sie sah Logan an und hielt den Umschlag hoch. Dann riss sie ihn auf, und Hoffnung durchströmte sie. Er war voll mit Zetteln.

Sie zog den ersten heraus und erkannte die krakelige Handschrift. Sofort schenkte sie Logan ein strahlendes Lächeln. „Das ist von Drew."

LOGAN NIPPTE AN SEINEM BIER. Er saß mit Sydney und dem gesamten Team in einem Restaurant in Chachapoyas. Dec hatte einen Tisch ganz hinten ausgesucht, von dem aus sie jeden, der das Restaurant betrat, im Auge behalten konnten.

Bislang gab es keine Anzeichen dafür, dass die Seidenstraße ihnen in die Anden gefolgt war.

Aber Logan war skeptisch. Sie hatten die Mistkerle bestimmt nicht zum letzten Mal gesehen.

Sydneys Kopf war über die Papiere gebeugt, die sie auf dem Tisch ausgebreitet hatte. An ihrem verkniffenen Gesichtsausdruck konnte er erkennen, dass sie nicht fand, was sie suchte.

Sie lehnte sich verärgert in ihrem Stuhl zurück. „Hier gibt es keine verschlüsselten Nachrichten." Sie schüttelte den Kopf, wobei sich kleine blonde Haarsträhnen um ihr Gesicht kringelten. „Das sind nur Artikel über die Wolkenkrieger, die Drew ausgedruckt haben muss. Er hat zwar ein paar Notizen gemacht, aber nichts, das wie eine Nachricht an mich aussieht."

„Erzähle uns von den Artikeln", sagte Logan.

Morgan schwenkte das Eis in ihrem Glas. „Darüber zu reden, könnte helfen."

Sydney nickte und tippte auf einen der Artikel. „In diesem geht es um zwei Silberbecher aus der Chachapoya-Zeit, die nicht weit von hier gefunden wurden." Sie drehte das Blatt um, so dass alle das Foto sehen konnten. Zwei einfache Silberbecher, in die Bilder von Menschen und ein geometrisches Muster eingraviert waren.

Logan runzelte die Stirn. „Ich dachte, du hättest gesagt, sie nutzten kein Metall."

„Das ist die derzeitige Theorie. Drew hat eine Notiz über diese Entdeckung gemacht."

„Vielleicht waren es Tauschobjekte vom Handeln oder so", schlug Hale vor.

„Das Design ist charakteristisch für die Wolkenkrieger."

Dec stellte seine Bierflasche auf dem Tisch ab. „Also, fassen wir zusammen. Wir haben ein geheimnisvolles, mächtiges Volk, das sich erfolgreich gegen die Inka zur Wehr setzte und kein Metall nutzte, während seine Nachbarn geradezu in Gold ertranken. Und jetzt hat man diese beiden Becher gefunden."

Logan senkte sein Bier und musterte seinen Freund. „Du denkst, sie hatten doch Metall zur Verfügung?"

Dec nickte. „Ja. Ich glaube, das hatten sie."

Sydneys Augen weiteten sich. „Sie kämpften gegen die Inka, aber sie wussten, dass diese in der Überzahl waren. Es muss ihnen klar gewesen sein, dass sie einen aussichtslosen Kampf führen würden."

Morgan beugte sich vor. „Und dann kamen die Spanier, gierig nach Gold und Schätzen ..."

„Die Wolkenkrieger versteckten ihren Schatz einfach", meinte Logan.

„O mein Gott." Sydney hielt sich an der Tischkante fest. „Drew hat dieses Puzzle zusammengesetzt. Und ich wette, er weiß auch, wo sich dieser Schatz befindet."

„Und die Seidenstraße will ihn haben", beendete Logan.

„Worum geht es im nächsten Artikel?", fragte Hale von der anderen Seite des Tisches.

Sydney hob das Blatt hoch. „Um die einzigartigen Bestattungspraktiken der Wolkenkrieger. Sie stellten für ihre Toten anthropomorphe Sarkophage aus Ton her.

Diese waren wie menschliche Körper geformt, mit einem übertrieben ausgearbeiteten Kiefer, weiß bemalt und mit anderen Farben verziert. Die Mumien wurden darin beigesetzt, und die berühmtesten dieser Gräber waren entlang einer Felswand aufgereiht, mit Blick aufs Tal." Sie klopfte mit ihrem Fingernagel auf ein Foto.

Logan studierte es. Die statuenartigen Sarkophage erinnerten ihn an kleine Versionen der Moai-Statuen auf den Osterinseln.

„Aber gleich südlich von hier wurde eine weitere faszinierende Grabstätte entdeckt", fuhr Sydney fort. „An einem abgelegenen See, hoch oben auf den Klippen, wurden mehrere Mausoleen gefunden. Man nennt den Ort Laguna de los Condores."

„See der Kondore", übersetzte Logan.

„Er ist auch als Laguna de las Momias bekannt."

Hale nahm einen Schluck von seinem Bier. „Ich spreche zwar kein Spanisch, aber selbst ich kann mir das zusammenreimen."

„Dort waren etwa zweihundert Mumien begraben. Die sechs Mausoleen, Chullpas genannt, wurden in Höhlen an der Felswand oberhalb des Sees erbaut. Leider wurde die Stätte nach ihrer Entdeckung auf der Suche nach Schätzen von Plünderern ausgeraubt, und viele der Mumien wurden beschädigt."

„Hat man einen Schatz gefunden?", fragte Logan.

Sie schüttelte den Kopf. „Die Archäologen haben die restlichen unbeschädigten Mumien und Artefakte wegtransportiert. Sie befinden sich jetzt in einem Museum in der nächstgelegenen Stadt. Offenbar verfügten die Wolkenkrieger über fortschrittliche Techniken, um ihre Toten vor der Feuchtigkeit des Nebelwaldes zu schützen. Und Drew hat auch herausgefunden, dass die Mumifizierung offenbar nicht nur den Reichen vorbehalten war, auch Chachapoyaner jeden Standes wurden mumifiziert."

Logan nahm einen weiteren Schluck Bier. „Glaubst du, dass dein Bruder als Nächstes zu diesem See gefahren sein könnte?"

Sydney runzelte die Stirn. „Ich bin mir nicht sicher. Wie ich schon sagte, hat er mir keine Nachricht hinterlassen. Und das ist alles, was ich hier gefunden habe."

Dec holte sein Tablet heraus und legte es auf den Tisch. Er tippte auf den Bildschirm, und eine Sekunde später tauchte Darcys Gesicht auf, ihr Headset in ihrem dunklen Haar.

Hale lehnte sich gegen Declans Schulter und sah Darcy an. „Hast du kein Privatleben?"

Darcy verzog das Gesicht. „Mein Leben besteht darin, euch aus Schwierigkeiten herauszuhalten. Was ist los?"

„Darcy, es sieht so aus, als müssten wir zu einem Ort namens Laguna de los Condores", sagte Dec zu ihr.

Darcy zog die Stirn in Falten und Logan hörte, wie sie auf einer Tastatur herumtippte. Dann stöhnte sie auf. „Da hast du dir nicht gerade den einfachsten Ort ausgesucht."

„Ich weiß, dass du Herausforderungen liebst", konterte Dec trocken.

„Es ist eine knapp zweistündige Fahrt zum Dorf Leymebamba."

„Klingt doch gar nicht so schlecht", meinte Logan.

Darcy stieß einen spöttischen Laut aus. „Von dort ist es ein neun- bis zehnstündiger Marsch durch die Nebelwälder. Sieht so aus, als ob es am besten ist, die Strecke mit Pferden zu bewältigen."

Logan stöhnte. „Ich hasse Pferde."

„Ihr braucht gute Ausrüstung für eine Wanderung dort oben", fügte Darcy noch hinzu. „Und wie es aussieht, gibt es auch einen örtlichen Führer, der gelegentlich Touristengruppen hinbringt. Ich werde mich mit ihm in Verbindung setzen." Darcy blickte auf. „Und nach diesem See? Weißt du schon, wohin es danach gehen wird?"

„Keine Ahnung, Darcy", antwortete Dec. „Bei diesem Job müssen wir nach Gefühl vorgehen. Wahrscheinlich werden wir mindestens ein paar Tage im Nebelwald verbringen müssen."

Darcy nickte. „Lass mich nur machen. Ich kümmere mich um die Ausrüstung, die ihr euch dann in Chachapoyas abholen könnt, und organisiere auch den Führer und die Pferde in Leymebamba. Gib mir etwa eine Stunde Zeit."

Logan schüttelte den Kopf. Einzig Darcy würde lediglich eine Stunde brauchen, um die gesamte Ausrüstung zu besorgen, die sie für eine abgelegene Wanderung in den Nebelwäldern der Anden benötigten. Aber er wusste, dass sie es schaffen würde. Er hatte sie schon Wunder vollbringen sehen.

„Du bist die Beste", lobte Dec.

Darcy blinzelte. „Denk daran, wenn ich dich um eine Gehaltserhöhung bitte."

Eine Stunde und zwanzig Minuten später fuhr

Logan aus Chachapoyas heraus und folgte Decs Geländewagen. Sydney saß ruhig neben ihm und genoss die Stille. Er mochte es, dass sie nicht das Bedürfnis hatte, zu reden, um das Schweigen zu brechen. Er koppelte sein Handy mit dem Soundsystem und schon bald ertönte aus den Lautsprechern Heavy Metal.

Die Straße in Richtung Süden war nicht besonders breit, aber wenigstens war sie nicht unbefestigt. Wenn sie auf einen entgegenkommenden Bus oder Lkw stießen, könnte es eng werden. Als er das bergige Gelände vor sich erblickte, erkannte er, dass es an einigen Stellen beängstigende Abhänge direkt am Straßenrand geben könnte.

„Dein Musikgeschmack ist beschissen", stellte Sydney fest.

Er lächelte. „Tut mir leid, Mozart habe ich zu Hause vergessen."

Er sah, wie ihre Lippen zuckten. Dann bemerkte er, dass ihre Hände in ihrem Schoß geballt waren. Sie war wegen irgendetwas nervös.

Ihm wurde klar, dass sie seit dem wilden Kuss im Hotel in Chachapoyas keinen Moment mehr allein gewesen waren.

„Sollen wir über den Kuss sprechen?", fragte sie leise.

Logans Hände umfassten das Lenkrad fester. „Ich bin kein großer Redner."

Sie sah ihn mit gespielter Überraschung an. „Nein?"

Klugscheißerin. „Wo sind deine höflichen Umgangsformen geblieben?"

Ihr Gesicht verfinsterte sich. „Ich bin kein eiskalter

High-Society-Snob, Logan." Sie verschränkte die Arme und starrte aus der Windschutzscheibe.

„Ich weiß", sagte er nach einem Moment.

Sie drehte sich und sah ihn an.

„Das habe ich irgendwann selbst herausgefunden, nachdem du mir gesagt hast, dass du eine Ex-CIA-Agentin bist, und nachdem ich gemerkt habe, wie sehr du dich um deinen Bruder sorgst."

Sie schluckte. „Während meines ganzen Lebens haben die Leute nur meine äußere Fassade betrachtet und Vermutungen über mich angestellt. Die meisten Menschen sehen nur das, was sie sehen wollen."

Und auch Logan hatte diesen Fehler gemacht, als er sie zum ersten Mal getroffen hatte.

Er streckte seine Hand aus und berührte ihr Knie. „Du bist klug, Sydney. Du hast Mut. Und ich habe diese Leidenschaft in dir gespürt, die du so gut verborgen hältst." Verdammt, allein der kleine Vorgeschmack, den er von ihr bekommen hatte, machte ihn verrückt.

Sie starrte auf seine Hand, die auf ihrem Knie ruhte. „Du machst etwas mit mir, Logan. Du entfachst etwas in mir." Ihr Blick begegnete seinem. „Denn so etwas Heißes habe ich noch nie gefühlt."

Seine Finger gruben sich tiefer in ihr Fleisch. Er wusste nicht, was er sagen sollte, aber er wusste, was er tun wollte. Nur war es im Moment leider keine Option, den Wagen zu stoppen, ihr die Kleider vom Leib zu reißen und mit seinen Händen und seinem Mund über sie herzufallen.

„Wenn wir jetzt nicht in diesem Wagen säßen, auf der Suche nach deinem Bruder ..." Er ließ seine Worte und das Versprechen, das sie enthielten, unausgesprochen zwischen ihnen im Raum stehen.

Sie stieß einen langen Atemzug aus. Dann bemerkte er, dass sie die Stirn runzelte und in den Seitenspiegel an ihrer Tür schaute. Unter seiner Hand spannten sich ihre Muskeln an.

„Logan ... hinter uns ist ein Lieferwagen. Er kommt schnell näher!"

KAPITEL SECHS

Sydney hörte Logans gemurmelten Fluch, seine großen Hände umklammerten das Lenkrad fester. Sie beobachtete, wie der weiße Lieferwagen näher und näher kam. Vielleicht war es nur irgendein Idiot, der auf dieser engen Straße zu schnell unterwegs war?

Sie fuhren langsam einen Hügel hinauf und Sydney warf einen Blick auf den steilen Abhang gleich neben ihnen.

„Vielleicht will er nur überholen", hoffte sie.

Eine Sekunde später trafen Schüsse den hinteren Teil ihres Geländewagens. Die Heckscheibe zersplitterte.

Sydney schrie auf.

„Runter!", brüllte Logan und drückte ihren Kopf auf ihre Knie.

Sydney presste ihre Wange an ihre Beine und versuchte, ihr rasendes Herz zu beruhigen. Sie konnte nicht sehen, was Logan tat, aber sie spürte, wie sich der

Wagen zur Seite neigte. Dann beschleunigte er und ihr Sicherheitsgurt schnitt in ihre Schulter.

Sie hob den Kopf an. Es fielen weitere Schüsse und noch mehr Glas zerbrach.

„Ich sagte, bleib unten!"

Sie sah ihn an. „Gib mir deine Waffe. Ich werde das Feuer erwidern."

„Bleib. Unten."

Verärgert griff sie zu ihm hinüber und in den Bund seiner Cargohose. Sie spürte seine warme Haut und hörte, wie er einen Fluch ausstieß. Als sich ihre Hand um den Griff seiner Waffe schloss, zog sie sie heraus.

Sie setzte sich aufrecht, drehte sich in ihrem Gurt um, zielte zwischen den Sitzen und schoss. Der Rückschlag der Waffe traf sie hart. Sie erhaschte einen kurzen Blick auf Augen hinter schwarzen Masken, bevor der Lieferwagen hinter ihnen ins Schleudern geriet.

Sie fluchte. „Du musstest natürlich eine verdammte Desert Eagle haben." Die Waffe war riesig und der Rückstoß höllisch.

Sydney wappnete sich und schoss erneut. Sie war ein bisschen eingerostet, da sie schon eine Weile nicht mehr auf dem Schießstand gewesen war.

Plötzlich heulte der Motor des Lieferwagens auf. Er schnellte vorwärts und rammte das Heck ihres Geländewagens. Sydney wurde nach vorne gegen ihren Gurt geschleudert. Sie blickte auf und sah, dass Declans Fahrzeug eine enge Wendung vollführte, um in ihre Richtung zurückzufahren.

„Halt dich fest." Logan zog ruckartig die Handbremse an, und plötzlich geriet der Wagen ins Schleudern. Sydneys Herz hämmerte in ihrer Brust. Die Reifen quietschten, und sie war sich schmerzlich bewusst, dass die Straße hier sehr schmal war und der Abhang an der Seite senkrecht abfiel.

Sie kamen abrupt zum Stehen, schaukelten auf den Reifen und standen dem Lieferwagen jetzt gegenüber.

Logan stieg aufs Gas.

Sydney hielt sich am Türgriff fest. „Was machst du da?"

„Ich werde sie ablenken. Sie sollen sich ganz auf uns konzentrieren, damit Dec sein Ding machen kann."

Der Lieferwagen beschleunigte ebenfalls und kam direkt auf sie zugerast. Der Atem blieb ihr in der Kehle stecken. Logan lenkte in letzter Sekunde zur Seite, und sie fuhren bis an den äußersten Rand der Straße. Ihre Türen schrammten gegen den anderen Wagen. Weitere Kugeln trafen die Seite ihres SUVs, und Sydney erwiderte das Feuer.

Sie rasten aneinander vorbei, und Logan zog erneut die Handbremse an. In einem weiteren schwindelerregenden Driftmanöver drehte er den Wagen erneut.

Sie sah, wie der Lieferwagen langsamer wurde und dieselbe Hundertachtzig-Grad-Wendung vollzog wie Logan Sekunden zuvor. Er kam wieder auf sie zu ... offenbar, ohne zu bemerken, dass Declans Geländewagen jetzt hinter ihnen herangerast kam.

Sydney konnte kaum noch atmen und sah, wie Declans Fahrzeug immer näher kam und Hale und Morgan den Lieferwagen unter Beschuss nahmen.

Dieser geriet außer Kontrolle und kam direkt auf sie zu.

Sie spannte sich an. „O Gott."

„Jeden Moment." Logan legte einen Arm über ihre Brust.

Der Lieferwagen prallte mit einem Krachen und Knirschen von Metall in sie hinein. Glas zersplitterte. Es war, als würde sich die Zeit verlangsamen. Sydney spürte, wie ihr Geländewagen näher an den steilen Abhang hinunter ins Tal rutschte. Er war kaum noch einen Meter davon entfernt.

Dann fing der Wagen an, sich zu neigen, und landete schließlich auf dem Dach. Metall ächzte. Schließlich wurde alles still.

Sydney saß einfach da, hing in ihrem Gurt und atmete schwer. „Logan, das nächste Mal fahre ich."

Es kam keine Antwort.

Sie drehte den Kopf und sah seinen zusammengesunkenen Körper, seine Augen waren geschlossen. Es war kein Blut zu sehen, aber sie entdeckte eine große Beule an seiner Schläfe.

„Logan?" Es war beängstigend, ihn so still und leblos zu sehen. „Logan!"

Sydney griff nach unten und öffnete ihren Gurt. Sie knallte auf das eingedrückte Autodach. Unbeholfen schaffte sie es, sich aufzurappeln, und schob sich aus dem zerbrochenen Seitenfenster hinaus.

Sobald sie aus dem Fahrzeug herausgeklettert war, hastete sie zu Logans Seite hinüber. Als sie sah, wie nah der Wagen am Rande der Klippe lag, kam ihr die Galle hoch.

Sie ging in die Hocke. „Logan? Komm schon, wir

müssen hier raus." Sie griff durch das Fenster und strich ihm die Haare aus dem Gesicht.

Dann hörte sie ein Stöhnen und das Knirschen von Stiefeln auf zerbrochenem Glas. Sie runzelte die Stirn. Logan hatte sich nicht bewegt.

Sie drehte sich um. Ein Mann der Seidenstraße stand über ihr, das Blut lief ihm übers Gesicht und durchtränkte sein Hemd. Seine schwarze Maske baumelte um seinen Hals. Er hatte eine Waffe auf ihre Brust gerichtet und seine Zähne waren blutverschmiert. „Du kommst mit mir."

Sydney blickte zurück und sah, wie Decs Fahrzeug wendete und wieder auf sie zukam. „Du kannst nirgendwo hin. Du solltest besser abhauen, bevor sie zurück sind."

„Ich habe mehr Angst vor meinen Auftraggebern als vor diesen Typen."

Er griff nach unten, packte ihren Arm und riss sie auf die Beine. Sydney versuchte, ruhig zu bleiben. Dann drehte sich der Mann um, hob seine Waffe und zielte direkt auf den immer noch bewusstlosen Logan.

Ihre Muskeln spannten sich an. *Kannst du vergessen.* Sie drehte sich und rammte ihre Schulter in den Bauch des Mannes.

Mit einem Schrei stolperte er zurück.

Und die Waffe ging los.

DER SCHUSS HALLTE in Logans Ohren wider. Er spürte das Knirschen von Glas unter seinen Händen und den harten Druck des Sicherheitsgurtes auf seiner Brust.

Für eine Sekunde war er wieder bei seinem SEAL-Team, nachdem sie in einen Hinterhalt geraten waren. Er war in dem Humvee gefangen, die Schreie seiner verletzten Freunde und die Schüsse hallten um ihn herum. Dazu kam die unangenehme Erkenntnis, dass sie in der Falle saßen – und Logan hatte sofort gewusst, wer die undichte Stelle gewesen war. Die verdammte Annika hatte ihn in mehr als einer Hinsicht verarscht.

Doch als er die Augen öffnete, verblasste die Erinnerung. In nur einer Sekunde wurde ihm bewusst, wo er sich befand.

Er drehte seinen Kopf und sah, wie Sydney mit einem Mann kämpfte.

Logan löste seinen Sicherheitsgurt und kletterte stöhnend aus seinem demolierten Sitz. Er spürte, wie Glas an seinem Arm entlangkratzte, aber er ignorierte es und trat gegen die Tür, aber sie war so verbogen, dass sie sich nicht öffnen wollte.

Er trat noch einmal dagegen, und mit einem Brüllen packte er den Rahmen und begann, sich gegen das Metall zu stemmen. Mit aller Kraft drückte er, bis er spürte, wie das Metall langsam nachgab. Eine Sekunde später öffnete sie sich endlich. Er rollte aus dem Auto und sprang auf, um Sydney zu helfen.

Dann hielt er inne.

Sie hatte den Mann bereits am Boden. Er stöhnte, hielt sich das blutige Gesicht und krümmte sich.

Sydney stand ruhig da. Die Luft strömte durch

Logans Lungen, während er versuchte, sich zu beruhigen.

„Hey, alles gut." Sie rückte dicht an ihn heran und musterte aufmerksam sein Gesicht. „Gehts dir gut?"

Ihm gelang ein Nicken.

Sie griff nach ihm, berührte zaghaft seine Brust und streichelte sie.

„Du bist nicht verletzt", brachte er heraus.

„Nein. Mir geht es gut."

Weil er es brauchte, zog Logan sie an seine Brust. Für eine Sekunde stand sie starr, dann schmiegte sie sich an ihn, ihre Arme legten sich um seine Taille.

Reifen quietschten, und der andere Geländewagen kam neben ihnen zum Stehen.

Dec, Morgan und Hale stürzten aus dem Fahrzeug. Dec betrachtete erst den zertrümmerten Geländewagen, dann das Wrack des Lieferwagens und die reglosen Körper der Schlägertypen darin. Schließlich traf sein Blick auf den Angreifer, der sich am Boden wand.

Dec rieb sich das Kinn. „Hale und Morgan, ihr überprüft die Männer im Wagen. Fesselt sie, wenn sie noch am Leben sind." Dec sah Logan an. „Alles klar bei dir?"

„Ja." Logan musterte den Mann auf dem Boden. „Aber vielleicht fühlt er da sich nicht so gut."

Ein schwaches Lächeln erschien auf Decs Gesicht. „Wir schieben die Wracks von der Straße und dann sage ich Darcy, dass sie die Behörden informieren soll. Ihr zwei steigt zu uns ins Auto."

„Wir brauchen nicht hier zu warten?", fragte Sydney.

„Nein. Wenn wir uns mit den Behörden rumschlagen müssen, sitzen wir hier tagelang fest. Darcy wird die Sache mit ihnen klären." Er holte ein paar schwarze Kabelbinder hervor. „Wir lassen diese Typen hier gefesselt zurück, damit sich die Polizei um sie kümmert." Er sah Logan stirnrunzelnd an. „Logan, du blutest."

Logan hörte, wie Sydney keuchte. Er zuckte mit den Schultern. „Ist nur ein Kratzer."

Sie betrachtete die Verletzung an seinem Arm, die vom zerbrochenen Glas herrührte. „Das nennst du einen Kratzer?"

Er lächelte schief. „Sicher. Würdest du es nicht so nennen?"

„Was macht die Beule an deinem Kopf?"

„Alles gut. Ich hatte schon Schlimmeres."

„Und du hast einen Dickkopf."

Dec und die anderen schoben die Wracks an den Straßenrand und holten die restliche Ausrüstung aus Logans Fahrzeug. Als sie in Decs Geländewagen stiegen, stellte Logan sicher, dass Sydney sich neben ihm auf den Rücksitz setzte. Er ließ zu, dass sie sich um ihn kümmerte, Dinge aus dem Erste-Hilfe-Kasten holte und die Wunden auf seinen Armen säuberte.

„Du siehst aus, als wärst du über Glas gekrochen", murmelte sie.

„Ich habe versucht, dir zur Hilfe zu kommen."

Ihre Hand verharrte einen Moment lang, dann machte sie weiter. „Entgegen dem, was die meisten Leute denken, kann ich gut auf mich selbst aufpassen."

„Hätte nie von dir gedacht, dass du es nicht kannst."

„Die Stelle hier könnte ein Pflaster vertragen."

„Hier, bitte." Declan reichte etwas vom Beifahrersitz zu ihr zurück.

Logan sah, wie Sydney das Pflaster nahm, dann verzog sich ihr Mund zu einem Lächeln.

„Es ist rosa. Mit Prinzessinnen drauf."

Logan brummte und verschränkte die Arme vor der Brust. „Declan hält sich manchmal für einen Komödianten."

Sie hielt den kleinen Pflasterstreifen hoch und betrachtete Logans Arm.

„Denk nicht einmal daran."

Im Wagen brach Gelächter aus, das die Anspannung löste.

Der Rest der Fahrt nach Leymebamba verlief ereignislos. Die einzigen Fahrzeuge, die ihnen auf der Straße begegneten, waren einheimische Autos und ein Touristenpaar auf Motorrädern.

Sie fuhren in die ruhige Stadt Leymebamba ein. Sie lag in einem Tal, rund um sie herum erhoben sich die Berge. Die engen Straßen waren von einfachen Häusern mit Ziegeldächern gesäumt.

Dec brachte den Wagen zum Stehen und drehte sich zu ihnen um. „Darcy hat uns eine Unterkunft in einem Hotel hier besorgt. Es gibt hier nicht viel Auswahl, also sind die Zimmer einfach, aber sie werden reichen. Ich muss mich mit einem einheimischen Führer treffen. Er organisiert die Pferde, die wir für den Marsch zum See benutzen werden. Gleich morgen früh brechen wir auf."

„Ich hasse Pferde." Logan sah, wie Morgan die Augen verdrehte, und blickte sie finster an. „Treffen wir uns später zum Abendessen?"

Dec nickte. „Nutzt die Gelegenheit, lange zu duschen oder in der Wanne zu baden. Wir werden nicht mehr viel Gelegenheit dazu haben, wenn wir erst im Nebelwald sind. Außerdem brauchen wir alle ausreichend Schlaf heute Nacht. Der morgige Tag wird hart werden."

Bald schon trug Logan seinen Seesack in sein Hotelzimmer. Einfach war diplomatisch ausgedrückt. Die Wände waren kahl und weiß, und ein Einzelbett nahm den ganzen Raum ein. Er schnaubte und war sich sicher, dass seine Füße über den Rand hängen würden. Dann sah er aus dem Fenster und erblickte einen Innenhof mit einer Unmenge üppiger Pflanzen. Von der Decke hing eine Nektarfutterflasche, um die ein Kolibri flatterte.

Er stellte seinen Seesack ab und zog sich auf dem Weg in das winzige Badezimmer aus. Immerhin gab es eine Badewanne. Obwohl er es Declan gegenüber nie zugeben würde, nahm Logan gern ein Bad in der Wanne. Er drehte das Wasser so heiß auf, wie er es nur ertragen konnte, und glitt hinein.

Dann ließ er seinen Kopf nach hinten sinken und lehnte sich gegen die glatten weißen Fliesen. Mit geschlossenen Augenlidern sah er immer wieder den Lieferwagen, der sie von hinten rammte, hörte die Kugeln, die in das Auto einschlugen, und dann das schreckliche Geräusch des Aufpralls.

Verdammt noch mal. Sydney hätte getötet werden können. *Verfluchte Seidenstraße.* Logan konzentrierte sich auf seine Wut. Sie war ein weitaus vertrauteres und leichter zu bewältigendes Gefühl als die anderen, verwirrenden Emotionen, die er für Sydney Granger empfand.

Er dachte wieder an Annika, für die er heiß und hell gebrannt hatte. Sie hatte ein schmutziges Mundwerk gehabt, war aggressiv im Bett gewesen, und er hatte geglaubt, sie wäre seine Traumfrau ... bis sie ihn einen Besseren belehrte.

Nichts davon war real gewesen. Und bei Annika hatte er auch nie einen Bruchteil des Verlangens verspürt, das er für Sydney empfand. Verdammt, seitdem er sie getroffen hatte, lief er nur noch mit einem Dauerständer herum. Sydney war wie eine kühle, frische Brise, unter der sich ein loderndes, sexy Feuer verbarg.

Seine Badezimmertür flog auf.

„Logan!"

Sydney blieb im Türrahmen stehen und starrte ihn an.

Sie presste ihre Hände zusammen. „Ich habe an die Zimmertür geklopft. Als du nicht geantwortet hast, habe ich mir Sorgen gemacht. Ich dachte, du wärst ohnmächtig geworden oder so."

Logan starrte sie an. Sie hatte sich Sorgen um ihn gemacht? Er versuchte sich daran zu erinnern, wann sich das letzte Mal jemand, und überhaupt eine Frau, Sorgen um ihn gemacht hatte. Die meisten Leute erwarteten von ihm, dass er sich um sie kümmerte. Verdammt, es war seine Aufgabe, andere zu beschützen.

Er nahm ihren Anblick in sich auf, bemerkte das Rosa auf ihren Wangen und ihre frische Kleidung. Er sah auch, dass ihr Blick nicht einmal in der Nähe seines Gesichts war. Das klare Wasser in der Badewanne verbarg nichts.

Sie räusperte sich. „Wie geht es deinem Kopf?"

Er schnaubte. „Wovon redest du?" Sie konnte seinen sich aufbäumenden Ständer kaum übersehen.

Sie hob ihr Kinn. „Klingt, als ginge es dir wieder gut." Sie machte einen Schritt rückwärts.

„Nicht." Seine Stimme hallte von den Fliesen wider.

Sie hielt inne. „Das ist eine schlechte Idee."

Wahrscheinlich. „Komm her, Sydney."

Sie schüttelte den Kopf. „Wir sind hier, um meinen Bruder zu finden. Die Seidenstraße ist hinter uns her ..."

„Mir scheint, dass du schon sehr lange alles für alle anderen tust. Wann tust du endlich, was du willst?"

Sie verstummte.

„Du hast deinem Land geholfen, was bedeutet, dass du es vor deiner Familie und deinen Freunden geheim halten musstest. Es ist hart, wenn man diesen wichtigen Teil niemanden erzählen darf. Jetzt lernst du gerade, die Firma für deinen Vater zu führen. Und obendrein bist du hier in Südamerika, mitten im Nirgendwo in den Bergen, um deinen Bruder zu finden. Was ist mit *dir*, Sydney? Was willst *du*?"

Sie stand da, ihr schlanker Körper vibrierte. „Manchmal bekommen wir nicht das, was wir wollen."

„Und manchmal müssen wir nur die Hand ausstrecken und es uns einfach nehmen."

Sie machte einen Schritt auf ihn zu und blieb stehen.

„Was willst du, Sydney?"

Sie zitterte. „Dich."

„Ich gehöre ganz dir."

Sie trat auf die Wanne zu und ließ sich auf die Knie sinken. „Ich will ... ich will dich berühren. Ich dachte,

dieser Seidenstraßen-Typ würde dich heute am Straßenrand umbringen."

Logan wollte sich am liebsten auf sie stürzen und sie
festhalten, aber er zwang sich, ruhig zu bleiben. Er hatte
es ernst gemeint. Er wollte, dass Sydney endlich etwas
für sich selbst nahm, nicht immer nur gab und dabei ihre
eigenen Bedürfnisse unterdrückte. Er zwang sich, stillzu-
halten, und seine Hände ballten sich unter der Wasser-
oberfläche.

Sie streckte die Hand aus, ihre schlanken Finger
berührten seine Brust. Dann ließ sie sie über seine
Schulter gleiten bis zu den Tätowierungen auf der Rückseite seines Bizeps und streichelte jede Einzelne mit
einer Aufmerksamkeit, die das Blut noch stärker in
seinen Schwanz strömen ließ. Anschließend ließ sie ihre
Hand wieder über seine Brust nach unten gleiten und
strich über jeden Muskel seines Bauches.

Jetzt atmete Logan schwer.

„Du bist unglaublich", sagte sie leise.

Er wusste, dass ihn in den ganzen fünfunddreißig
Jahren seines Lebens noch nie jemand als unglaublich
bezeichnet hatte. Und niemand hatte es je so gesagt und
gemeint wie Sydney.

Er stürzte sich auf sie und packte sie. Sydney
keuchte. Nackt und nass trug er sie ins Schlafzimmer, wo
er sie aufs Bett legte.

Sie starrte zu ihm auf und er sah, wie sich ihre Brust
schnell hob und senkte. Begierde flammte in ihren Augen
auf – leuchtend und heiß. Ihr Blick wanderte nach unten
und blieb auf seinem stark geschwollenen Schwanz
haften.

Logan ließ sich auf sie herabsinken, presste seine Lippen auf ihre und glitt mit seiner Zunge in ihren Mund. Er brauchte ihren Geschmack, brauchte das Gefühl von ihr. Sie küsste ihn begierig zurück.

Während er das Gefühl von ihr auskostete, glitten ihre Hände an seinen Seiten hinunter, und eine Sekunde später spürte er, wie sich ihre schlanken Finger um seinen Schwanz schlossen.

Er stöhnte und drückte sich gegen ihre Hände. „Du willst mich in dir haben?"

„Ja", keuchte sie und streichelte ihn wieder mit festen, harten Bewegungen. „Du bist sehr viel größer als der Durchschnitt, Logan. Ich kann es kaum erwarten, dass du in mir bist. Um zu spüren, wie du die Kontrolle verlierst."

Er stöhnte erneut. Dann hörte er ein klopfendes Geräusch.

Es dauerte eine Sekunde, bis er merkte, dass jemand an die Tür klopfte.

„Bereit fürs Abendessen, O'Connor?", rief Declan.

Verdammt. Logan spürte, wie sein ganzer Körper zitterte, und er kämpfte darum, seine Selbstbeherrschung wiederzuerlangen. Aber Sydney hörte nicht auf, ihn zu reiben. Sie beschleunigte ihre Bewegungen und er spürte, wie sich sein Orgasmus in seinen Eiern ankündigte.

So hatte er noch nie Sex gehabt. Er nackt, die Frau bekleidet, während sie ihm Lust bereitete.

„Gib mir eine Minute." Er war sich nicht sicher, ob Dec sich von ihm täuschen lassen würde. Logan senkte seine Stimme. „Syd", sein Wort endete mit einem gequälten Knurren.

„So groß, so hart." Sie bearbeitete ihn weiter. „Ich will, dass du für mich kommst, Logan. Genau hier, genau jetzt."

Er stöhnte und versuchte, leise zu sein, da er wusste, dass Dec vor der Tür stand. Logan war normalerweise laut beim Sex. Er war noch nie gezwungen gewesen, sich selbst so zusammenzureißen, seine Reaktionen zu zügeln. Für ihn war Sex immer animalisch und wild. Das hier war ganz anders und quälend erstaunlich.

Sie rieb ihn schneller, und er pumpte seine Hüften härter in ihre Hand. Mit ihrer anderen Hand griff sie nach unten und umfasste jetzt seine Eier.

Logan versteifte sich und kam mit der Wucht eines Güterzuges. Sie zog das Laken hoch, um die Spitze seines Schwanzes zu bedecken, und anstatt seine Erlösung herauszubrüllen, vergrub er sein Gesicht an ihrem Hals und presste seine Lippen auf ihre Haut. Er öffnete seinen Mund und biss sie sanft, wobei er die empfindliche Stelle zwischen ihrem Hals und ihrer Schulter erwischte. Sie bäumte sich unter ihm mit einem heftigen, leisen Stöhnen auf.

„Wir haben nicht den ganzen Tag Zeit, O'Connor", rief Dec erneut.

Atemlos versuchte Logan, seinen Verstand wieder in Gang zu bringen. Sein Körper vibrierte immer noch vor Lust und seine Beine fühlten sich irgendwie taub an.

„Geh schon", flüsterte Sydney.

Er zog sich von ihr zurück und blickte auf sie herab. Errötete Wangen, geschwollene Lippen und ein sehr zufriedener Blick in ihren Augen. Verdammt, er wollte sie. Das Abendessen oder sein bester Freund waren ihm jetzt egal. Er wollte in ihr sein und sich die ganze Nacht Zeit nehmen, um jeden köstlichen Zentimeter von ihr zu erforschen. Er wollte herausfinden, was sie mochte, was sie erröten ließ, was sie zum Schreien brachte und wie sie zum Orgasmus kam.

„Wir sehen uns beim Abendessen, nachdem ich mich frisch gemacht habe", flüsterte sie.

Dec hämmerte erneut an die Tür. „Wir müssen noch die Details für morgen klären. Hör auf zu pennen, Logan."

Logan schloss für einen Moment die Augen und erhob seine Stimme. „Ich bin gerade erst aus der Badewanne gekommen. Gib mir wenigstens noch eine Chance, mich anzuziehen."

Er gab Sydney einen letzten, frustrierend kurzen Kuss, bevor er aufstand. „Später."

Sie lächelte. „Worauf du dich verlassen kannst."

KAPITEL SIEBEN

Früh am nächsten Morgen saß Sydney auf einem Pferd und ritt den Berghang über Leymebamba hinauf. Die Sonne schien, und die Luft war klar und frisch. Der Blick zurück auf das Dorf im Tal war wunderschön.

Die anderen ritten vor ihr. Sie starrte auf Logans Rücken. Er hatte zwar gemurrt, als sie auf die Pferde aufstiegen, die der örtliche Führer mitgebracht hatte, aber natürlich saß er in einem lockeren Rhythmus im Sattel.

Der Führer, Piero, plauderte auf Spanisch mit Declan.

„Ich biete Touren zum See an, aber es kommen nur wenige." Er hatte ein freundliches Gesicht und dunkles Haar. „Die Mumien sind jetzt alle im Museum im Dorf. Aber der See ist auch sehr schön. Ich wünschte, mehr Leute würden ihn besuchen."

Sydney lächelte vor sich hin. Sie konnte sich nicht vorstellen, dass allzu viele Touristen die anstrengende zehnstündige Tour zur Laguna de los Condores auf sich nehmen wollten. Ihr Blick wanderte zurück zu Logan.

Sofort dachte sie daran, was sie in seinem Zimmer getan hatten. Sie biss sich auf die Lippe, als Begierde zwischen ihre Beine schoss. O Gott, es war so einfach, sich seine Hände auf ihrer Haut vorzustellen, seinen Mund, der sich auf ihren legte, und diesen übergroßen Schwanz in ihren Händen. Sie stieß einen Atemzug aus und rutschte im Sattel umher. Jetzt war nicht der richtige Zeitpunkt, um in Erinnerungen zu schwelgen.

Sie war wegen Drew hierhergekommen ... und nicht, um von einem großen, sexy Mann zu träumen.

Nach ihrem kurzen erotischen Moment war er mit Declan losgegangen, während sie sich frisch gemacht hatte. Dann hatte sie sich mit den anderen in dem kleinen Restaurant getroffen, um gemeinsam zu Abend zu essen. Sie hatten die ganze Zeit damit verbracht, die heutige Tour zu besprechen, während sie das einfache, aber köstliche Essen genossen. Logan hatte ihr immer wieder heiße, intensive Blicke aus seinen goldenen Augen zugeworfen, und sie hatte sich anstrengen müssen, sich nichts anmerken zu lassen.

Doch insgeheim hatte Sydney sich nichts sehnlicher gewünscht, als ihn zurück in ihr Zimmer zu zerren und nackt auszuziehen. Nur hatte Declan nach dem Abendessen gewollt, dass Logan eine Runde mit ihm boxte. Sydney hatte er tief in die Augen geblickt und ihr gesagt, sie solle sich vor der heutigen Tour gut ausschlafen. Sie vermutete, dass Declan ganz genau wusste, was in Logans Zimmer vor sich gegangen war.

Sie wollte Logan. Noch nie hatte sie so ein unkontrolliertes Verlangen oder eine solche Verbindung zu einem Mann verspürt. Sie packte die Zügel fester.

Wie konnte sich etwas, das so falsch schien, gleichzeitig so richtig anfühlen?

In diesem Moment schaute er über seine Schulter zurück. Sein intensiver Blick war wie eine leidenschaftliche Berührung. Trotz der kühlen Luft kribbelte es auf ihrer Haut. Es war, als hätte er direkt in sie hineingeschaut. Keine Mauern, keine Fassade, keine höflichen Umgangsformen. Nur rohes, primitives Verlangen.

Doch je weiter sie in die Nebelwälder vordrangen, desto schwieriger wurde der Ritt. Sie musste sich darauf konzentrieren, ihr Pferd über den schmalen Pfad zu leiten. Die Bäume im Nebelwald waren nicht besonders hoch und hatten knorrige Stämme und Äste. Sie wusste, dass die Höhenlage der Nebelwälder den Wuchs der Bäume veränderte. Es gab viele Flechten, Moose und Farne. Der unbefestigte Weg war manchmal sehr schmal, das Gefälle zur Talseite fast schon beängstigend. Ein paarmal mussten sie von den Pferden absteigen und sie über unwegsame Passagen führen.

Nach ein paar Stunden legten sie eine Pause ein.

Logan erschien an Sydneys Seite. „Wie geht es dir?"

„Mein Hintern ist nicht glücklich", stöhnte sie.

Etwas flackerte in seinen Augen auf und er beugte sich hinunter, wobei seine Lippen ihr Ohr streiften. „Ich kann ihn dir später gern massieren."

Sie schluckte. Dieser Mann war gefährlich. Ein wildes, pirschendes Raubtier, das sie verschlingen würde, wenn sie nicht vorsichtig war.

„Logan ..."

Er streckte die Hand aus und strich ihr durch die Haare. „Jedes Mal, wenn ich dich ansehe ... will ich dich noch mehr."

Sie atmete tief durch. Es war seltsam, diese leidenschaftlichen Worte mit dieser rauen, tiefen Stimme zu hören. Sie standen im Widerspruch zu dem wilden Verlangen, das sie in seinen goldbraunen Augen sah.

„Katz' und Maus", murmelte sie.

Er grinste sie an. „Und beide mögen Käse. Ich mag auch Käse."

Sie schnaubte. „Die Sorte, die man aus einer Tube herausdrücken kann, richtig? Über deine Nachos?" Sie schüttelte den Kopf. „Ich bevorzuge guten Wein und echten Camembert."

Sein Lächeln wurde breiter. „Hier draußen gibt es keinen französischen Wein und Käse, Prinzessin. Nur dich und mich. Außerdem solltest du meinen Käse nicht geringschätzen, bevor du ihn probiert hast."

Ein ungewolltes Lachen brach aus ihr heraus.

Declan rief: „Leute, Piero sagt, wir müssen weiter. Wir wollen den See erreichen, bevor es dunkel wird."

Sie ritten weiter durch den Wald. Bei der nächsten Pause kauerten Logan und Declan über einer Karte. Sydney starrte hinauf zu den überwucherten Bäumen und den herabhängenden Lianen. Sie versuchte sich vorzustellen, wie Drew dieselbe Reise gemacht hatte. Vielleicht hatte er sich genau hier hingesetzt, um sich auszuruhen. *Bitte sei am Leben, kleiner Bruder.*

Piero kam herüber, um nach ihrem Pferd zu sehen. „Piero, haben Sie in letzter Zeit einen amerikanischen Mann in deinem Dorf gesehen? Vor ein paar Tagen?" Sie war ein wenig aus der Übung mit ihrem Spanisch, aber es war immer noch ganz passabel.

Der Mann runzelte die Stirn, seine dunklen Brauen zogen sich zusammen. „*Señor* Declan hat mich auch schon danach gefragt. Es waren ein paar Touristen da." Er zuckte mit den Schultern.

„Sie haben nicht kürzlich einen Mann zum See geführt? Er ist etwa einen Meter achtzig groß, schlank, hat blondes Haar wie ich …"

Pieros Stirnrunzeln vertiefte sich und er schüttelte den Kopf. „Nein. Tut mir leid, *Señorita.*"

Sydneys Schultern sackten zusammen. Sie wusste, dass es ein Schuss ins Blaue gewesen war.

Piero strich sich übers Kinn. „Vielleicht habe ich aber einen Mann, wie Sie ihn beschrieben haben, im Museum gesehen. Da war ein Tourist mit blondem Haar."

Ihr Puls raste. „Aber er hat Sie nicht gebeten, ihn zur Laguna de los Condores zu bringen?"

„Nein."

„*Gracias*", antwortete sie.

Piero sah sie kurz an, schenkte ihr ein Lächeln und tätschelte ihr Pferd. Er kontrollierte ihren Sattel und ging dann zu seinem eigenen Tier zurück.

Als sie weiterzogen, verlor der Ritt etwas von dem Glanz und der Aufregung. Monotonie setzte ein und ihre Muskeln begannen zu schmerzen. Die Schönheit des Nebelwaldes und der Berge und die gelegentlichen Wolkenschichten, die sie darüber liegen sah, hatten den Reiz des Neuen verloren.

Sydneys Pferd fing an, unruhig zu werden und nicht

mehr zu gehorchen. Es begann, hinter den anderen zurückzubleiben.

Sie bemerkte, dass Logan sie wieder ansah.

„Ich glaube, mein Pferd ist irgendwie unzufrieden." Sie konnte es dem armen Ding nicht verdenken.

Piero zügelte sein eigenes Pferd. „Ich werde es mir mal anschauen." Er winkte den anderen zu. „Reitet weiter. Wir treffen euch an der Hängebrücke, die bald kommt. Ich muss sie als Erster überqueren."

Sydney stieg von ihrem Pferd und massierte ihre Oberschenkel. Morgen würde sie wund sein. Sie sah Piero zu, wie er ihr Pferd streichelte und leise mit ihm redete.

Währenddessen drehte sie sich um und streckte sich. Sie würde auf jeden Fall froh sein, wenn dieser Ritt zu Ende war. Und sie wäre sogar noch glücklicher, wenn ihr Bruder am Ende wieder sicher bei ihr wäre.

Plötzlich war eine Hand über ihrem Mund und sie spürte das Stechen von etwas Scharfem in ihrer Seite, das sich durch ihre Kleidung bohrte. Instinktiv blickte sie nach unten und sah ein großes Jagdmesser. Ihr Herz klopfte hart gegen ihre Rippen.

„Sie werden mir jetzt genau zuhören." Pieros lockerer Ton war verschwunden. Er sprach jetzt in perfektem Englisch und nur mit dem leisesten Anflug eines nicht südamerikanischen Akzents. „Sie tun jetzt genau, was ich Ihnen sage, und die anderen Ihrer Gruppe werden nicht getötet."

AUF IHREM PFERD reitend näherte sich Sydney Logan und den anderen.

Sie hatte ihre Gesichtszüge vollständig unter Kontrolle, so wie schon tausendmal zuvor auf Washingtoner Partys, wenn sie Überwachungsgeräte in Büros oder Hotelzimmern eingeschleust hatte, oder wie in letzter Zeit, wenn sie dem Vorstand gegenübertrat.

Aber etwas, das ihr so vertraut war, fühlte sich jetzt auf einmal falsch an.

Eigenartig. In den letzten Tagen hatte sie sich bei Logan und dem Team von Treasure Hunter Security daran gewöhnt, zu lachen und ihre Gefühle zu zeigen. Besonders wenn Logan und sie sich gegenseitig neckten, hatte sie sich wieder wie sie selbst gefühlt.

Nein. Sie versteifte sich. Sie konnte es sich jetzt nicht leisten, ihre Gefühle zuzulassen. Sie musste diese Maske aufsetzen und lügen, um die Menschen um sie herum zu schützen.

Sie merkte, wie Piero, oder wie auch immer er wirklich heißen mochte, sein Pferd direkt hinter ihres lenkte.

An ihrer Brust spürte sie das kleine Gerät, das er in ihre Bluse gesteckt hatte. Das winzige Ding fühlte sich an, als würde es eine Tonne wiegen. Er hatte gesagt, es sei ein Hochleistungssprengstoff, und wenn sie seine Anweisungen nicht genau befolgte oder versuchte, die anderen zu warnen, würde er sie töten.

Und er hatte dabei gelächelt, während er ihr versprach, dass die Explosion jeden verletzen würde, der sich in ihrer Nähe befand.

Sydney ließ ihren Blick über Logans starke Gestalt gleiten und nahm ihn ein letztes Mal in sich auf. Wie immer regte sich das Verlangen in ihr, aber sie unterdrückte es.

Als Logan sich in ihre Richtung drehte, wandte sie sich ab und stieg vom Pferd. Sie war sich sicher, dass er in ihr wie in einem offenen Buch lesen würde, wenn er einen Blick in ihr Gesicht erhaschte.

„Wie geht es dem Pferd?", fragte er.

„Alles in Ordnung", antwortete Piero. „Da ist die Brücke."

Sydneys Magen krampfte sich zusammen. Die Brücke sah kaum stabil genug aus, um von einem Kind überquert zu werden, geschweige denn von einem Erwachsenen und einem Pferd.

Die Hängebrücke war über einen langen Abgrund zwischen zwei Bergen gespannt. Es war nicht allzu weit bis zum Fluss darunter, aber trotzdem weit genug. Die Flanken des Abgrunds waren steil und felsig.

„Die Inka waren bekannt für ihre Hängebrücken", erzählte Morgan.

Piero nickte. „Es gibt hier noch viele Seilbrücken in den abgelegenen Bergen. Wir ersetzen sie, wenn sie abgenutzt sind. Zum Glück können wir jetzt moderne Seile verwenden." Er lächelte. „Viel stabiler."

Er spielte seine Rolle als „lässiger Touristenführer" wieder perfekt. Sydney versuchte, ihn nicht direkt anzustarren, also betrachtete sie die Brücke erneut. Der Boden war mit Holzplanken verstärkt, aber sie konnte kleine Lücken zwischen ihnen erkennen. Ihr Magen drehte sich um. Sie hatte eigentlich keine Höhenangst ... normalerweise.

„Ich werde zuerst gehen, um sie zu testen", entschied

Piero. „Wir müssen sie mit unseren Pferden einer nach dem anderen überqueren. Aber macht euch keine Sorgen, meine Freunde, die Brücke ist sehr stabil."

Er hatte Sydney befohlen, in seiner Nähe zu bleiben und dafür zu sorgen, dass sie die erste Person nach ihm war. Sie ging näher an den Rand der Brücke und zog ihr Pferd hinter sich her.

Logans Schulter berührte ihre. „Ich bin der Nächste", sagte er.

Sie schenkte ihm ein strahlendes Lächeln. „Ich möchte meiner inneren Abenteurerin freien Lauf lassen, Logan. Ich bin die Nächste."

Er lächelte nicht, während sein Blick über ihr Gesicht wanderte. Sie wandte sich ab und sah, wie Piero mit seinem Pferd auf der anderen Seite der Brücke ankam. Sydney drängelte sich vor, betrat die schwankende Brücke und führte ihr Pferd hinter sich her.

Sie hielt sich am Seil, das als Geländer diente, fest und konzentrierte sich darauf, einen Fuß vor den anderen zu setzen. Weder blickte sie nach unten noch zurück. Sie starrte nur nach vorne und sah Pieros dunkle Augen auf sich gerichtet. Als sie sich ihm näherte, merkte sie, wie er sein Messer zog und begann, das Seil durchzuschneiden, das die Brücke mit den Felsen auf der anderen Seite verband.

Sie wurde langsamer, und Panik überkam sie. Angestrengt überlegte sie, wie sie aus dieser Situation herauskommen könnte. Dann sah sie, wie Piero sich auf die Brust klopfte – genau auf die Stelle, an der er den kleinen Sprengstoff bei ihr angebracht hatte. Das Gerät fühlte sich an, als würde es sich durch ihre Haut brennen.

Sie trat von der wackeligen Brücke auf den festen Boden. Piero nickte, Sydney holte tief Luft und drehte sich um.

Sie erhob ihre Stimme. „Ich fürchte, hier trennen sich unsere Wege."

Auf der anderen Seite der Schlucht erstarrte das THS-Team.

„Was?", rief Logan. Sein Blick richtete sich auf Piero, der damit beschäftigt war, weitere Seile durchzuschneiden. „Was zum Teufel macht er da?"

„Ich hätte eure Dienste niemals in Anspruch nehmen sollen." Sydney bemühte sich um ihre beste CEO-Stimme. „Ich muss Drew allein finden. Danke, dass ihr mich so weit gebracht habt."

Logan trat auf die Brücke hinaus. „Syd, was zum Teufel ist hier los?"

Sie bemühte sich um ein strahlendes Lächeln. „Ich werde den vereinbarten Betrag überweisen." Sie zwang sich, Logan anzuschauen.

„Seien Sie überzeugender", murmelte Piero.

Sie schluckte. „Ich benötige eure Dienste nicht mehr."

Sie merkte, wie Declan und die anderen miteinander flüsterten. Innerlich fühlte sie sich, als würde sie in Stücke gerissen. Piero durchschnitt den Rest der einen Seite der Brücke und das ganze Ding kippte auf die Seite. Logan griff nach den Seilen, um sich aufrecht zu halten.

O Gott! Wenn er fiel ... sie wollte, dass er zurückging, aber das tat er natürlich nicht. Dickköpfiges Alphamännchen.

„Sydney, rede mit mir ..."

Seine raue, dunkle Stimme nagte an ihr. „Es gibt nichts mehr zu besprechen."

Dieser starrköpfige Mann machte einen weiteren Schritt nach vorne. Ihr Herz schlug ihr bis zum Hals. „Nein! Komm nicht näher."

Mit grimmiger Entschlossenheit in seinem rauen Gesicht machte Logan einen weiteren Schritt auf sie zu.

Ihr Herz schlug jetzt wie wild. Sie wusste, dass er nicht aufgeben würde, dass er immer weitergehen würde. Es sei denn, sie brachte ihn dazu, damit endgültig aufzuhören.

„Ich brauche dich nicht mehr." Sie setzte ihr hochmütigstes Gesicht auf.

Er hielt inne.

Gott, sie war hin- und hergerissen. „Du hast mich bis hierhergebracht. Ich werde ab hier allein weitergehen." Sie zwang sich zu einem leichten Lachen. „Du hast doch nicht wirklich geglaubt, dass ich einen Mann wie dich ernsthaft wollen könnte, oder?"

Sein Blick bohrte sich in sie.

Sie konnte erahnen, was er dachte und fühlte.

Sie war nur eine weitere Lügnerin wie Annika.

Verdammt, vielleicht war sie gar nicht so anders. Er hatte ihr seine schlimmsten Momente anvertraut, und jetzt benutzte sie diese Erinnerungen gegen ihn. „Du hast deinen Zweck erfüllt, Logan. Geh nach Hause. Ich will und brauche dich nicht."

Piero zerschnitt das letzte Seil. Die Brücke stürzte hinunter und riss Logan mit sich.

Sydney schlug sich die Faust auf den Mund, um ihren Schrei zu unterdrücken. Logan hielt sich mit beiden Händen fest. Als die Brücke auf der anderen Seite gegen den Fels schlug und senkrecht daran hing, klammerte sich Logan immer noch fest und baumelte direkt über dem Abgrund.

Sydney stand Todesängste aus. Dem Anschein nach ging es ihm gut. Er hielt sich fest und kletterte die beschädigte Brücke hinauf. Sie sah, wie Declan und Hale nach unten griffen, um ihn hochzuziehen.

„Kommen Sie." Piero packte ihren Arm, seine Finger gruben sich in ihre Haut, und er zerrte sie weg.

Sydney blickte so lange wie möglich hinter sich, um sich zu vergewissern, dass Logan in Sicherheit war. Sobald sie sah, wie die anderen ihn über die Kante zogen, entspannte sich ihre vor Furcht versteinerte Brust.

Und dann zerrte Piero sie in die Bäume und schnitt ihr die Sicht auf ihre Freunde ab.

KAPITEL ACHT

Was. Sollte. Denn. Dieser. Scheiß.

Logan schritt auf und ab, seine Stiefel traten den Schmutz. Dabei starrte er über die Schlucht hinweg auf die Wand aus Bäumen, in der Sydney verschwunden war.

Nicht weit entfernt studierte Morgan eine Karte.

„Logan."

Die ruhige Stimme von Dec fühlte sich an wie Sandpapier auf Logans Nerven. „Was?"

„Geht es dir gut?"

„Nein." Zuerst war er verwirrt gewesen. Dann, als Sydneys Worte ihn wie ein Hagel von Maschinengewehrfeuer – gut gezieltem Feuer – getroffen hatten, hatte er nicht mehr gewusst, was er denken sollte.

Eine Sekunde lang hatte er sich wieder wie mit Annika gefühlt.

Bis er sich Sydney wirklich ganz genau angesehen hatte.

Verdammt, er hatte sie seit Tagen ununterbrochen

beobachtet, seitdem sie die Zentrale von Treasure Hunter Security betreten hatte. Er war ziemlich gut darin geworden, ihr Gesicht zu lesen. Als sie über die Brücke auf ihn zurückgestarrt hatte, war ihr Ausdruck leer gewesen, gefasst, eine Maske. Ihr Tonfall war kalt gewesen wie eisiger Regen. Und sie hatte sich geweigert, seinen Blick länger als ein paar Sekunden zu erwidern.

Von dem Moment an, als er sie kennengelernt hatte, hatte Sydney Granger nie Angst gehabt, ihm in die Augen zu sehen. Aber die ganze Zeit, in der sie ihre kleine Rede gehalten hatte, hatte sie den Augenkontakt mit ihm vermieden.

Mit einem frustrierten Brüllen riss Logan an einigen Lianen, die von den nahen Bäumen hingen. Er zerriss die Schlingen in winzige Stücke. Aber es gab ihm nicht, was er brauchte. Er schlug seine Faust gegen den Baumstamm, wieder und wieder, bis seine Knöchel blutig waren.

Dec verschränkte die Arme vor der Brust. „Fühlst du dich jetzt besser?"

Sein bester Freund hatte zu oft gesehen, wie er durchgedreht war, um sich noch ernsthaft Sorgen zu machen. „Nein. Etwas stimmt nicht. Die Seidenstraße steckt dahinter."

Angst kroch durch seinen Körper und das machte ihn wütend. Die Seidenstraße hatte Sydney. Sie war in Gefahr. Logan starrte über den Abgrund. „Wir müssen zu ihr."

Dec atmete tief durch. „Gut. Ich denke nämlich dasselbe. Ich war mir nur nicht sicher, ob du ..."

Als sein bester Freund abbrach, hob Logan eine

Augenbraue. „Fasst du mich jetzt mit Samthandschuhen an?"

„Was mit Annika passiert ist, hat dich innerlich kaputt gemacht. Seitdem hast du keiner Frau mehr getraut. Oder dir selbst mit einer."

Logan spürte langsam das einsetzende Brennen seiner aufgerissenen Fingerknöchel. „Sydney wäre nicht einfach so gegangen. Sie hätte diese Dinge nicht gesagt."

„Bist du dir da sicher? Sie ist eine Millionenerbin, CEO und Society-Girl. Sie bewegt sich nicht wirklich in deinen Kreisen, Logan. Ganz zu schweigen von ihrer Vergangenheit bei der CIA. Sie könnte uns alle getäuscht haben."

„Das hat sie nicht!" Logans Schrei echote um sie herum.

Dec lächelte und nickte. „Das glaube ich auch. Ich wollte nur sichergehen, dass du dasselbe denkst."

„Arschloch", erwiderte Logan, aber er meinte es nicht so.

Gemeinsam wandten sie sich an Hale und Morgan. „Wie kommen wir da hinüber?", fragte Dec.

Morgan zeigte auf die Karte. „Es gibt da eine Stelle, an der wir den Fluss überqueren können, aber es ist ein weiter Weg, und es gibt keinen Pfad dorthin. Wir müssten uns durch den Wald schlagen. Das würde uns allerdings weit zurückwerfen."

Verdammt. Logan wollte nicht, dass Sydney sich länger als unbedingt nötig in den Händen der Seiden-straße befand. Wenn ihr dieser Mann auch nur ein Haar krümmte, würde Logan ihn dafür bezahlen lassen. „Das dauert zu lange."

Hale nahm seinen Rucksack vom Sattel seines Pferdes. „Ich habe eine Idee."

Logan beobachtete, wie Hale etwas aus einer Tasche zog. Es sah aus wie eine Pistole, aber als er es auseinanderzog und einen Knopf an der Seite drückte, sah Logan einen stabilen Enterhaken aus dem Ende gleiten.

„Ich wollte dieses kleine Baby schon immer mal ausprobieren", verkündete Hale.

Es war eine Enterhakenpistole, aber die kompakteste, die Logan je gesehen hatte. Bei SEAL-Einsätzen hatte er schon andere Modelle benutzt, aber die waren alle groß, schwer und nicht so handlich wie diese hier gewesen. Hale hob sie an und zielte über den Abgrund. Dann drückte er den Abzug.

Es war nicht gerade leise und machte ein lautes pfeifendes Geräusch, als der Haken und die Leine durch die Luft zischten.

Sie flogen über die Schlucht und der Haken bohrte sich in einen der Bäume auf der anderen Seite.

Hale zog die Leine zurück, um die Stabilität zu testen. „Meine Damen und Herren, wir haben heute für Sie eine robuste, nylonummantelte Seilrutsche für Ihre Weiterreise vorbereitet."

„Schick", sagte Morgan. „Ich will auch so eine."

„Ich muss noch unsere Seite sichern, und dann können wir mit der Seilrutsche hinüber." Hale runzelte die Stirn. „Aber die Pferde müssen wir zurücklassen. Ihr könnt nur mitnehmen, was ihr tragen könnt."

„Das geht schon in Ordnung." Dec klopfte Hale auf die Schulter. „Gute Arbeit."

Plötzlich ertönte ein Summen. Dec zückte sein Satellitentelefon und schaute auf den Bildschirm. „Ich habe hier Empfang. Da ist eine Nachricht von Darcy." Dann fluchte er.

Logan spürte, wie sich ihm der Magen umdrehte. „Was?"

„Piero Costa wurde heute in Leymebamba tot aufgefunden."

Verdammt. Logan erstarrte. „Wenn der echte Führer tot ist, wer zum Teufel ist dann bei Sydney?" *Gottverdammt*, er wollte auf einen weiteren Baum einschlagen.

„Sieht so aus, als hätte uns die Seidenstraße überlistet." Dec schüttelte den Kopf, ein Muskel in seinem Kiefer zuckte. „Sie haben es irgendwie geschafft, uns einen ihrer Männer als den Führer zu verkaufen."

„Komm schon." Logan nahm seinen Rucksack vom Pferd und stopfte noch ein paar zusätzliche Sachen hinein. „Wir müssen uns beeilen und sie einholen." Er hängte sich den Rucksack um. „Ich gehe zuerst."

Hale reichte ihm einen Metallbügel mit zwei gummibereiften Griffen. „Das ist der Schlitten. Leg ihn über die Leine und halte dich fest. Viel Glück."

Logan trat an den Rand des Abgrunds, befestigte den Schlitten am Seil und testete ihn. Fühlte sich sicher genug an. Mehr brauchte er nicht. Er würde Sydney folgen, so oder so.

Logan hielt sich an den Griffen fest und stürzte sich über den Abgrund.

Aufgrund seines Gewichts hing er tief im Seil, und während er hinübersauste, wurde er schneller und schneller. Er war zwar kein Adrenalinjunkie wie Callum, der ständig kletterte oder Rennen fuhr, aber selbst Logan musste zugeben, dass diese Aktion verdammt viel Spaß machte. Er blickte nach unten und sah das fließende Wasser des Flusses unter sich. Als er nach oben schaute, sah er die Felswand, die ihm entgegenraste.

Er hob seine Stiefel vor sich an, schlug auf die Felsen auf und federte den Aufprall mit den Knien ab.

Dann ließ er einen Griff los, fasste nach der felsigen Kante und zog sich daran aus der Schlucht. Am Schlitten drückte er auf die Rückholtaste, woraufhin dieser von selbst zurück über das Seil glitt.

Logan beobachtete, wie die anderen ihm einer nach dem anderen folgten. Declan war konzentriert und ruhig. Morgan hatte ein breites Grinsen im Gesicht, und von Hale hörte er ein aufgeregtes Jauchzen.

Bald standen sie alle Schulter an Schulter und starrten auf die dichte Wand aus wucherndem Wald und den schmalen Pfad, der darin verschwand.

„Dieser Scheißwichser, der Sydney hat, hat einen guten Vorsprung", grollte Logan wütend.

„Wir werden sie einholen", erwiderte Dec.

Ja, das würden sie. Sicher, sie mussten jetzt hier oben in dünner Bergluft marschieren. Aber Logan war ein ehemaliger SEAL. Das hier war gar nichts. Und er hatte zwei andere Ex-SEALs an seiner Seite sowie eine knallharte Frau, die ein SEAL hätte sein können, wenn man sie nur gelassen hätte. Sie konnten den ganzen Tag und die ganze Nacht hindurch marschieren, wenn es sein musste.

Ihm war bewusst, dass Morgan die Schnellste von allen war.

„Morgan." Er wandte sich an seine Freundin.

„Kannst du vorauslaufen und sie einholen? Bleib in ihrer Nähe und pass auf, dass dieser Dreckspisser ihr nichts antut."

Morgan griff seinen Arm. „Klar doch."

Die Anspannung in Logan ließ ein klein wenig nach.

Dec atmete tief durch. „Okay, aber Morgan, greif nicht ein, wenn du nicht unbedingt musst. Tritt nur in Aktion, wenn Sydney in Gefahr ist."

Morgan überprüfte ihre Handfeuerwaffe und nickte. Dann übergab sie ihren Rucksack an Logan. „Wir sehen uns bald. Nicht trödeln, Jungs."

„Wir holen dich so schnell wie möglich ein." Logan nahm seinen und Morgans Rucksack auf die Schultern und sah zu, wie Morgan zu laufen begann. Der Wald verschluckte ihre schlanke Gestalt. „Los gehts."

***

MORGAN KINCAID VERLÄNGERTE ihre Schritte und ging schneller.

An manchen Stellen war der Pfad einfach, an anderen überwuchert. Sie atmete tief ein. Die Luft war dünn. Aber sie hatte in Denver und in den Rocky Mountains immer in großer Höhe trainiert. Das hier war nicht so anders.

Sie rechnete damit, dass sie Sydney und den Kerl, der sie entführt hatte, bald einholen würde. Die anderen konnten auch nicht mehr als eine Stunde hinter ihr sein.

Gott, Logan war wegen dieser Frau völlig durch den Wind. Morgan hatte gemerkt, wie ihr Freund Sydney

Granger ansah. Sie hatte noch nie erlebt, dass er jemanden so angesehen hätte.

Nun, Morgan war sich nicht so sicher, ob die schlanke, elegante Sydney die Richtige für ihn war. Logan brauchte jemanden, der die gleichen Dinge mochte wie er, der mit seinem Tempo mithalten konnte und diesen mürrischen Kerl für das liebte, was er verkörperte.

Morgan blickte sich stirnrunzelnd im Wald um. Sie wusste alles darüber, wie man die falsche Person fand. Sie hatte Dates gehabt. Viele. Eine endlose Reihe von ersten Dates. Die allesamt mit einer dicken, fetten Enttäuschung geendet hatten.

Morgan sprang über einen aufgeweichten Fleck Erde und ihr Blick fiel auf eine kleine Kreatur, die hastig ins Gebüsch wuselte. Sie fand scheinbar keinen Mann, der mit ihr mithalten konnte: körperlich, sexuell, auf der Gefühlsebene. Verdammt, sie konnte noch nicht einmal einen Mann finden, der es auch nur versuchen wollte.

Plötzlich hörte sie leise Stimmen vor sich. Sie hielt inne und versuchte, die Worte zu verstehen. Immer noch zu weit weg. Also duckte sie sich vorerst in die dichte Vegetation.

Zeit für ein wenig Tarnung.

Sie zog ihre Glock 22 heraus. Ihre Probleme mit Männern waren im Moment ihre kleinste Sorge. Sie hatte ohnehin beschlossen, dass sie ohne einen Kerl besser dran war.

Und was Sydney Granger für Logan empfand, spielte keine Rolle. Logan hatte Morgan gebeten, die Frau zu beschützen.

Morgan hatte nicht die Absicht, ihren Freund im Stich zu lassen.

SIE WAREN SCHON seit Stunden unterwegs. Sydney bemerkte ihre müden und schmerzenden Muskeln kaum noch. Was sie innerlich fühlte, war viel schlimmer.

Sie schloss die Augen. Logan und die anderen mussten schon auf halbem Weg zurück nach Leymebamba sein. Sie spürte, wie ihr die Tränen in die Augen stiegen, aber sie blinzelte sie zurück. Tränen würden ihr nicht helfen. Sie musste sich konzentrieren und auf eine Gelegenheit warten, diesem falschen Piero zu entkommen.

Dann würde sie sich über Drew und ihren nächsten Schritt Gedanken machen.

Eines wusste sie jedoch – sie würde die Seidenstraße nicht zu ihrem Bruder führen.

Wenigstens hatte ihr Entführer den Sprengsatz, den er in ihre Bluse gesteckt hatte, entfernt. Sie war verdammt froh, dass das Ding weg war. Genau hatte sie es nicht sehen können, deshalb war sie sich nicht sicher, ob es echt gewesen war oder nicht, aber sie wollte auf keinen Fall ein Risiko eingehen.

„Noch etwa zwei Stunden, dann sollten wir den See erreichen", verkündete der falsche Piero mit einem Grinsen. „Wir werden dort in den Touristenhütten übernachten, und meine Kollegen werden uns dann am Morgen treffen."

Sydneys Magen verkrampfte sich. Wenn die Seidenstraße sie in die Hände bekam, würden sie sie zwingen, Drew zu finden. Und wenn sie sich weigerte, würden sie sie umbringen.

Sie schluckte und sah Piero an. Sie *musste* fliehen.

Möglich war es, denn sie verfügte über eine Ausbildung, von der er nichts wusste, und mit diesem Überraschungsmoment hatte sie eine echte Chance. Sie studierte den umliegenden Wald, sah aber im Moment nicht wirklich viele Möglichkeiten. Plötzlich hörte sie, wie sich etwas zwischen den Bäumen bewegte, außerhalb ihrer Sichtweite. *Gott, bitte sei kein Jaguar.* Das fehlte ihr gerade noch.

Ihre Gedanken wirbelten durcheinander, während sie ihre Optionen durchging und wieder verwarf. Zuerst musste sie ihn dazu bringen, anzuhalten, dann würde sie einen Fluchtversuch wagen können.

Aber sie würde nur eine einzige Chance bekommen. Ohne das Überraschungsmoment würde er sie leicht überwältigen.

Sie sah ein Stück Zierschnur, die am Sattel ihres Pferdes befestigt war. Langsam ließ sie ihre Hand daran entlanggleiten und zerrte daran. Die Schnur löste sich und sie wickelte sie um ihre Hände. Dann testete sie die Stärke.

Könnte klappen.

„Ich brauche eine Pause. Meine Beine." Sie rieb sich die Oberschenkel und täuschte Schmerzen vor. Sie taten zwar tatsächlich weh, aber nicht so sehr.

Er murmelte etwas vor sich hin und ruckte dann mit dem Kopf. Sein Pferd hielt an und Sydneys ebenfalls. Sie stieg ab und lehnte sich gegen das Tier, als könne sie kaum noch stehen.

„Wasser?", fragte sie.

Mit weiterem Gemurmel schritt er auf sie zu, die Wasserflasche in der Hand.

Mit ihrer linken Hand packte sie die Schnur fester und ließ sie an ihrem Bein hinunterhängen.

Er hielt ihr die Wasserflasche hin, und sie griff danach mit ihrer rechten Hand. Sobald er sich von ihr abgewandt hatte, ließ sie die Wasserflasche zu Boden fallen und ergriff das andere Ende der Schnur. Hastig machte sie zwei schnelle Schritte auf ihn zu, legte ihm die Schlinge um den Hals und zerrte dann mit aller Kraft daran.

Er stieß würgende, gurgelnde Geräusche aus und streckte seine Hände nach oben. Seine Finger tasteten an seinem Hals und versuchten, die Schnur von seiner Luftröhre zu zerren.

Sydney trat gegen sein Kniekehlen, was in diesem Winkel nicht leicht zu bewerkstelligen war, aber sein Bein sackte trotzdem unter ihm weg und er fiel mit einem erstickten Schrei nach vorne in den Dreck.

Sie lehnte sich nach hinten und zog kräftig an der Schnur. Er schlug einen Ellbogen zurück und traf sie am Bauch. Sie biss die Zähne zusammen und hielt den Zug eisern aufrecht.

Werde endlich ohnmächtig, verdammt.

Er versuchte, sich umzudrehen, verlor immer noch nicht das Bewusstsein. Angst machte sich in ihr breit. *Gottverdammte Scheiße.*

Ein Schuss ertönte, der in den Bäumen widerhallte.

Sydney sprang mit einem Schrei rückwärts und duckte sich. Ein weiterer Schuss, und die Pferde schreckten auf und wieherten.

Sie sah auf.

Vier Gestalten tauchten mit erhobenen Waffen aus den Bäumen auf.

Ein großer, breiter Mann führte die Gruppe an. Luft strömte in ihre Lungen. *Logan.*

Er stürmte an ihr vorbei zum falschen Piero und trat auf ihn ein, bis er mit dem Gesicht nach unten fiel.

„Auf den Bauch, Hände hinter den Kopf." Die Worte hatten einen tödlichen Klang, der Sydney einen Schauer über den Rücken jagte.

Logan packte den Mann und zerrte ihn wieder auf die Beine. Er tastete ihn ab und warf Hale eine Waffe zu. Dann schüttelte er ihn heftig.

Sydney richtete sich auf. Sie sah, wie Hale und Morgan die Pferde beruhigten, während Declan näher kam.

„Logan", sagte Declan. „Das reicht. Wir müssen ihn noch befragen können."

Logan ließ den Mann los und er fiel wieder auf den Boden. Declan trat mit Kabelbindern in der Hand vor ihn, und verschränkte die Handgelenke des Mannes hinter seinem Rücken. Er fluchte und wehrte sich gegen seine Fesseln.

Dann wurde ihr der Blick auf ihn durch Logans breite Gestalt versperrt. Er kniete vor ihr und starrte ihr ins Gesicht. „Hat er dir wehgetan?"

Sie sah in seine grimmigen Löwenaugen und schüttelte den Kopf. Was musste er nur von ihr denken? Was sie auf der Brücke zu ihm gesagt hatte ... er musste sie dafür hassen.

„Logan ..." Als er sie weiter anstarrte, räusperte sie sich. „Er hat mir bei dem Stopp vor der Brücke eine kleine Sprengstoffladung zwischen die Brüste geklebt."

Logan wurde still. Unheimlich still. „Er hat dich mit Sprengstoff unter Druck gesetzt."

Sie schluckte und sah, wie Piero die Augen weit aufriss.

„Lasst den Typen nicht wieder in meine Nähe", kreischte der Mann.

„Morgan." Declan nickte mit dem Kopf in Richtung der Pferde. „Du und Hale, ihr sucht nach einem Sprengsatz."

Sydney schluckte erneut. Sie hatte das Gefühl, einen Kloß im Hals zu haben. „Logan, es tut mir so leid. Ich hatte solche Angst, dass er dich und die anderen verletzen würde. Deswegen habe ich getan, was er von mir verlangt hat, und es tut mir so unendlich leid."

Logan legte seine Stirn in Falten. „Du wolltest mich beschützen?"

„Ist das so schwer zu glauben? Es tut mir wirklich leid, was ich gesagt habe."

Logan murmelte einen Fluch und riss sie in seine Arme. Mit einer Hand in ihren Haaren zog er ihren Kopf zurück und presste seine Lippen auf ihre. Sydney erwiderte den Kuss und ein leiser Laut entwich ihr.

Seine Lippen strichen über ihre Wange. „Ich sehe dich, Sydney. Dein wahres Ich. Ich wusste, dass du lügst, und ich wusste, dass etwas nicht stimmt."

Das schwere Gewicht in ihrer Brust löste sich, und

etwas anderes strömte stattdessen in ihr Herz und füllte den gesamten Raum darin. Hinter ihnen hörte sie, wie Declan und die anderen darüber diskutierten, den Sprengsatz sicher zu entsorgen. „Logan?"

„Ja."

„Wirst du mich endlich richtig küssen?"

Er zog sie an sich und seine Lippen prallten auf ihre. Der Kuss war heiß und hungrig. Seine Hände glitten über ihren Körper, ein mächtiges, still ausgesprochenes Versprechen. Gierig erwiderte sie seinen Kuss, sein Geschmack durchflutete sie.

Sydney hörte auf zu denken und verlor sich in Logan.

KAPITEL NEUN

L ogan ließ sich Zeit damit, Sydney zu küssen. Sie war wieder in seinen Armen und in Sicherheit.

Ein Räuspern unterbrach ihn. Nur widerwillig hob Logan den Kopf und sah Declan an. Sein Freund grinste zu ihm herüber.

Logan zog Sydney noch näher an sich und genoss es, wie sie sich an ihn schmiegte. Sie passte perfekt in seine Arme.

„Ich möchte, dass ihr weiter in Richtung See geht", erklärte Dec. „Ich werde hier bei unserem ... Freund bleiben. Ich habe noch ein paar Fragen an ihn."

„Und was wirst du danach mit ihm machen?", fragte Sydney.

Dec zuckte mit den Schultern. „An einen Baum binden und den Jaguaren überlassen?"

„Oder ihn umbringen", fügte Logan hinzu.

Er sah, wie der Mann die Augen weit aufriss und sich gegen seine Fesseln wehrte. Logan ließ den Mistkerl spüren, dass er es verdammt ernst meinte.

Dec stellte sich vor den Mann und versperrte Logan die Sicht. „Bring Sydney zum See. Finde die Hütten, und ich komme nach, sobald ich kann."

Sydney beugte sich vor. „Er sagte, andere Mitglieder der Seidenstraße würden uns am See treffen. Morgen früh."

Decs Gesicht verhärtete sich. „Gut."

„Ich werde bei Declan bleiben", entschied Morgan.

Hale verdrehte die Augen. „Toll. Ich darf also das fünfte Rad am Wagen sein."

Logan ergriff Sydneys Hand und zog sie hoch. „Komm, lass uns weitergehen." Er schnappte sich die Zügel ihres Pferdes, und während Hale das andere Tier führte, marschierten sie den Pfad entlang in Richtung See.

„Bist du sicher, dass es dir gut geht?", fragte er sie.

Ein schwaches Lächeln. „Ja."

Sie war so verdammt schön. Logan hatte sich noch nie groß dafür interessiert, wie das Gesicht einer Frau aussah. Er hatte immer nur auf die Beine und Brüste geachtet. Und während er kein Problem damit hatte, Sydneys lange Beine und ihre großen, festen Brüste zu betrachten, konnte er sich auch ihr Gesicht den ganzen Tag lang ansehen.

Verdammt, bald würde er noch anfangen, ihr Liebesgedichte vorzutragen. Er war auch nie ein Händchenhalter gewesen, aber hier war er, mit ihren schlanken Fingern, die sich an seinen festhielten. Und es gefiel ihm.

„Logan, es tut mir wirklich leid ..."

Er blieb stehen. „Das muss es nicht. Du hast getan, was du tun musstest. Du hast überlebt." Er wusste, dass ihre Arbeit bei der CIA sie nicht vollständig auf diese Art von Situation vorbereitet hatte. Langsam senkte er seinen Kopf und küsste sie erneut.

Fröhlich pfeifend ging Hale an ihnen vorbei.

„Heute Nacht", flüsterte Logan, „gehörst du mir."

Er sah, wie in ihren Augen etwas aufflackerte.

Sie marschierten weiter durch den Nebelwald. Logan konnte sehen, dass sie langsam müde wurde, und schließlich schlug er ihr vor, wieder auf dem Pferd zu reiten. Es fühlte sich an, als würde der Wald immer dichter werden und sie regelrecht einschließen.

„Wir sollten bald da sein", rief Hale über seine Schulter zurück.

Logan hoffte es. Etwa zwanzig Minuten später kamen Declan und Morgan hinter ihnen hergejoggt.

Dec verlangsamte sein Tempo. „Unser falscher Piero hat bestätigt, dass der Rest der Seidenstraßentruppe, mit der er hier zusammenarbeitet, morgen früh am See eintrifft. Seine Aufgabe war es, Sydney so lange gefangen zu halten, bis sie ankommen."

Logan widerstand kaum dem Drang, zu knurren. „Ich traue ihm nicht. Wir können ihm nicht ein Wort glauben."

„Immer mit der Ruhe. Ich widerspreche dir zwar nicht, aber ich war auch ziemlich überzeugend." Dec grinste. „Ich habe gedroht, dich auf ihn loszulassen." Dann wurde Decs Gesicht wieder ernst. „Aber ich denke, wir sollten für diese Nacht besser eine Wache aufstellen, nur für den Fall, dass jemand versucht, sich anzuschleichen."

„Ich hatte gehofft, dass wir heute noch die Ruinen besichtigen können", sagte Sydney.

Dec schüttelte den Kopf. „Wir werden keine Zeit mehr dafür haben. Es wird schon dunkel sein, wenn wir ankommen, und die Chullpas liegen auf der anderen Seite des Sees auf einer steilen Klippe. Am Ufer gibt es auch einige rustikale Hütten, die von Touristen genutzt werden. Dort werden wir schlafen, und morgen erkunden wir dann die Ruinen am See."

„Nachdem wir die Seidenstraße ausgeschaltet haben", fügte Logan noch hinzu. Die Mistkerle sollten ruhig kommen, er würde auf sie vorbereitet sein.

„Selbst wenn ihr sie hier ausschaltet, werden trotzdem noch mehr nachkommen." Sydneys Stimme klang rau. „Die Seidenstraße scheint unaufhaltsam zu sein. Man schneidet ihr ein Glied ab, aber es wächst sofort wieder eines nach."

„Wenn wir ihnen den Kopf abschlagen, wächst überhaupt nichts nach", ergänzte Logan düster.

„Ich glaube nicht, dass die Seidenstraßen-Bosse hierherkommen, um die Drecksarbeit selbst zu erledigen", meinte Declan. „Wir wissen nicht einmal, wer diese verdammte Gruppe leitet. Aber langsam gehen sie mir so richtig auf den Sack."

„Ich werde alles tun, was nötig ist, um meinen Bruder zu finden", verkündete Sydney. „Und danach werde ich alles tun, um die Machenschaften der Seidenstraße in der ganzen Welt bekannt zu machen. Sie mögen das Schattendasein, und ich denke, es ist an der Zeit, etwas Licht ins Dunkel zu bringen."

Dec lächelte. „Ich mag dich, Sydney."

Logan spürte ein unangenehmes Brennen in seinem Bauch. Er hörte die Bewunderung in seiner Stimme. Declan war gut aussehend und viel charmanter als Logan. Und bevor er sich in Layne verliebt hatte, war er bei den Frauen sehr begehrt gewesen. Logan berührte Sydneys Arm. „Du hast deine eigene Frau."

Dec hob die Hände. „Das stimmt. Und du, mein Freund, auch. Das heißt aber nicht, dass ich jemanden, der so schön und klug ist, nicht auch bewundern darf."

Als diese Worte bei ihm ankamen, wartete Logan auf das vertraute Gefühl des Zorns, das Annika in ihm hinterlassen hatte, auf die Panik bei dem Gedanken, dass eine Frau zu ihm gehörte.

Nichts. Nur eine angenehme Zufriedenheit und ein wildes Verlangen, das mit jedem Schritt größer wurde.

Sein Arm legte sich fester um Sydney.

Er musste sie haben.

Bald.

SYDNEY FÜHLTE sich müde und erschöpft und traute ihren Augen nicht, als sie aus dem Wald traten und eine Hügelkuppe erreichten.

Sie blieben alle stehen.

Wie ein dunkles Juwel lag die Laguna de los Condores zwischen steilen Bergen eingebettet.

Das Dickicht des Waldes reichte bis ans Seeufer heran, und auf der anderen Seite konnte sie im abnehmenden Licht des Tages die Felswände erkennen. Sie verengte ihre Augen, um zu sehen, ob sie auch die

Chullpas erkennen konnte, aber zu viele Schatten erschwerten ihr die Sicht. Sie konnte sie nicht entdecken.

Ihr Blick fiel auf das dunkle Wasser des Sees. Es war so still, so ruhig. Sie nahm einen tiefen Atemzug. Nach der Aufregung und den Abenteuern des Tages war die Stille an diesem Ort heilsam. Sie fühlte sich fast mystisch an. Sydney konnte verstehen, warum die Wolkenkrieger beschlossen hatten, ihre Toten ausgerechnet hier zu begraben.

„Da sind die Hütten", verkündete Morgan und zeigte darauf.

Ganz in der Nähe, am Hang des Hügels, standen drei sehr einfache Unterkünfte. Sie waren aus Holzstämmen gebaut, hatten eine quadratische Form und wirkten rustikal.

Hale nahm die zwei Pferde bei den Zügeln. „Ich versorge die beiden hier."

„Sieh dich nur an, Cowboy", neckte ihn Morgan.

Hale machte ein unwirsches Geräusch.

„Verstecke sie gut", verlangte Declan. „Wenn die Typen von der Seidenstraße hier unerwartet auftauchen, wollen wir unsere Anwesenheit nicht gleich deutlich ankündigen." Er drehte sich, stemmte die Hände in die Hüften und suchte die Gegend ab. „Und auch kein Feuer. Wir müssen die Feldrationen essen, die wir mitgebracht haben."

Sydney beobachtete, wie alle in Aktion traten – sie überprüften die Hütten, diskutierten Verteidigungsmöglichkeiten, verteilten die Fertiggerichte und suchten den sichersten Weg zum See. Sie waren ein eingespieltes Team. Eine Familie.

Plötzlich fühlte sie sich sehr allein. Sie liebte Drew, aber sie verbrachten nicht viel Zeit miteinander. In Washington hatte sie zwar gute Freunde, aber keiner stand ihr so nahe, wie Declan und Logan es zu tun schienen. Sie hatte niemanden, der sie aufzog, ihr Ratschläge erteilte oder lobend auf die Schulter klopfte, wie jeder es in dieser Gruppe für den anderen tat.

Logan kam auf sie zu, und die Anspannung in ihr ließ nach. Der Blick in seinen Augen sagte ihr, dass sie zumindest im Moment nicht allein war.

Vorfreude durchflutete sie. Dieser große, harte Mann wollte sie. Sie hatte ihn geküsst, ihn gekostet und seinen großen Schwanz in der Hand gehalten. Oh, es war so einfach, sich vorzustellen, wie er sich in ihr anfühlen würde, wie er sie ausdehnte.

Mit zunehmender Dunkelheit wuchsen die Schatten, und sie wusste, dass es hier die ganze Nacht hindurch unglaublich finster sein würde. Alle stellten ihre Rucksäcke in den ihnen zugewiesenen Unterkünften ab, und bald saßen sie in Declans Hütte zusammen. Das Innere war praktisch kahl, mit einem abgenutzten Boden und ein paar einfachen Betten aus Holzrahmen und Seilen.

Sydney hörte zu, wie sich das THS-Team über den Wachplan für die Nacht stritt. Logan hatte die ersten paar Stunden übernommen, und Hale wehrte sich dagegen, den frühen Morgen abdecken zu müssen. Sie knabberte an ihrem langweiligen Essen. Doch so hungrig und müde, wie sie war, würde sie sich nicht beschweren.

„Okay, Hale, du kommst mit mir", entschied Declan und nickte zu ein paar leeren Plastikeimern, die sie in den Hütten gefunden hatten. „Wir gehen hinunter zum See und holen Wasser."

Hale stöhnte, folgte aber seinem Boss.

Logan begleitete Sydney zu ihrer Hütte nebenan. Im Türrahmen hielt er inne und strich ihr eine Haarsträhne hinters Ohr. „Geh ins Bett und ruh dich aus."

Sie nickte und trat ein. Er hatte zwei Betten zusammengeschoben, ihre Schlafsäcke ausgepackt und sie darauf ausgebreitet.

„Und sieh zu, dass du nackt bist."

Sie erstarrte. Begierde erwachte zwischen ihren Schenkeln.

Logan bewegte sich nicht von der Tür weg. Er sagte nichts weiter, starrte sie nur für eine lange, vielversprechende Sekunde an und trat dann einen Schritt zurück, ehe er durch die Tür und hinaus in die Dunkelheit verschwand.

Sydney zog ihre Stiefel aus, löste ihre zusammengebundenen Haare und machte sich daran, sie zu entwirren.

Kurz darauf brachte Declan ihr einen Eimer Wasser und wünschte ihr gute Nacht.

Sie holte einen Lappen aus ihrem Rucksack, zog sich aus und wusch sich, so gut es ging. Trotz der kühlen Luft fühlte sich das kalte Wasser gut auf ihrer Haut an. Sie säuberte sich vom Schmutz des Tages. Als sie mit dem Lappen über ihren Bauch, ihre Brüste und ihre Oberschenkel strich, spürte sie eine Gänsehaut. Und einen Schimmer von Erregung.

Sie schloss die Augen und stellte sich vor, wie Logan mit dem feuchten Lappen über ihre Haut strich. Das letzte Mal, als sie Sex gehabt hatte, hatte ihr Lover sie erst zu einer Vernissage in eine Kunstgalerie mitgenommen, gefolgt von einem Abendessen in einem Restaurant mit einer dreimonatigen Warteliste für eine Reservierung, und dann hatten sie die Nacht in einer Suite in einem der nobelsten Hotels von Washington verbracht. Und trotz des extravaganten Programms war die Nacht eher mit einem winzigen Lichtschimmer als mit einem großen Feuerwerk zu Ende gegangen.

Sydney öffnete die Augen und sah sich in der rustikalen Hütte um. Sie grinste. Offenbar spielten der Ort und das Ambiente keine so große Rolle, denn noch nie hatte sie ein solches Verlangen nach einem Mann verspürt. Sie zitterte vor Erwartung und sehnte sich nach Logans Berührungen.

Sie kletterte auf das Bett und schlüpfte nackt unter den glänzenden Stoff des Schlafsacks, denn sie war sich sicher, dass sie wach bleiben würde, bis er zurückkam.

Doch als sie sich ausstreckte und an Logan dachte, wurde sie von der Anstrengung des Tages übermannt und fiel in einen tiefen Schlaf.

ALS SYDNEY AUFWACHTE, war sie sich nicht sicher, wo sie sich befand.

Es war dunkel bis auf den schwachen Schein einer kleinen Laterne, die auf dem einfachen Boden stand. Sie blinzelte, als die Erinnerungen zurückkamen. Laguna de los Condores.

Der Nebel in ihren Gedanken lichtete sich.

Sie lag auf dem Bauch und war sich plötzlich der Lippen bewusst, die ihren Rücken entlangglitten.

Logan küsste jede Erhebung ihrer Wirbelsäule, seine rauen Hände streichelten ihre Haut. Sie stöhnte auf. Es fühlte sich so gut an. Ohne ein Wort zu sagen, berührte, streichelte und liebkoste er sie weiter. Er drückte seine Finger tief in ihre schmerzenden Muskeln. Dann bewegte er sich weiter nach unten, erreichte ihren Po und ihre Oberschenkel. Der Mann hatte sehr begabte Hände. Sie stöhnte wieder auf – es tat so, so gut.

Er drückte seinen Mund auf den Ansatz ihres Hinterns und küsste sich dann ihre ganze Pobacke entlang. Sie drückte sich gegen den Schlafsack und schaute über ihre Schulter zurück. Ein Keuchen entfuhr ihr. Logan sah animalisch und wild aus, das Verlangen stand ihm deutlich in sein im Schatten liegendes Gesicht geschrieben. Er senkte seinen Kopf erneut und verteilte Küsse auf der Rückseite ihrer Oberschenkel. Als er sanft zubiss, spürte sie einen Schwall von Feuchtigkeit zwischen ihren Schenkeln.

Als seine Lippen sich der Stelle näherten, an der sie sie so dringend haben wollte, zuckte sie zusammen. Mit den Händen packte er ihren Po und dann biss er erneut in ihr pralles Fleisch.

„Logan."

Er packte ihre Hüften und hob sie auf ihre Hände und Knie. Sie bemerkte kaum die kühle Nachtluft auf ihrer Haut – sie war ganz auf Logan konzentriert. Dann hörte sie, wie er einen hungrigen Laut von sich gab und sie mit seinen Fingern spreizte. Sein Mund war wieder auf ihr und wanderte zwischen ihre Beine.

Sydney zuckte und schrie auf. Seine Zunge glitt über sie, mit festem Druck. Er leckte und saugte, dann stieß seine Zunge in sie hinein. Mit den Händen klammerten sie sich an den Schlafsack unter ihr, und sein Name kam ihr über die Lippen

Er drückte ihre Beine weiter auseinander. „Komm für mich, Sydney." Ein tiefes Knurren.

Er saugte weiter an ihr, leckte sie tiefer. Dann spürte sie, wie sich seine Lippen über ihrer Klitoris schlossen. Ein hartes Saugen, und sie explodierte.

Noch immer zitternd und von Lust durchströmt spürte sie, wie er sie herumdrehte. Er hob sie einfach hoch und brachte sie mit seinen starken Armen in Position. Ihr Rücken drückte gegen das Bett und er kniete über ihr, sein harter Schwanz ragte über seine Bauchmuskeln. Sie sah, wie er die Hand ausstreckte, und dann hörte sie das Knistern einer Packung. Langsam leckte sie sich über die Lippen und sah zu, wie er das Kondom über seinen Schwanz zog.

Dann ergriff er ihre Knie und drückte sie weit auseinander.

Er streichelte sie. „So geschwollen und nass. Nur für mich."

Er umfasste seinen Schwanz mit einer Hand, beugte sich vor und rieb die Spitze zwischen ihren Beinen. Sie stöhnte auf.

„Den wirst du gleich in dir spüren, Sydney. Jeden Zentimeter."

„Ja, Logan. Komm endlich zu mir."

„Gleich gehörst du mir."

Sie ließ ihren Blick über ihn schweifen. Sein

schroffes Gesicht. Die Narben auf seiner Brust. Seine breiten Schultern. Er schob eines ihrer Beine hoch, und sein Blick blieb an ihrem haften, als die dicke Spitze seines Schwanzes zwischen ihre Falten glitt.

Ihr Atem beschleunigte sich und wurde unregelmäßig. *O Gott.* Sie spürte eine angenehme Dehnung, als er sie auszufüllen begann.

„Nimm mich auf, Sydney."

„Ich versuche es", stieß sie hervor.

Mit einem harten Stoß rammte er sich vollständig in sie.

Ein Schrei entwich ihr. Er war so groß, dehnte sie so weit auf. Das Gefühl war überwältigend. Sie zwang sich, sich zu entspannen, und dann spürte sie, wie seine rauen Hände ihr Bein entlangglitten. Langsam streckte sie ihre Arme über den Kopf und schob sich ihm entgegen.

„Sydney ... verdammt, du fühlst dich so unglaublich gut an." Seine Stimme klang erregt.

Die Stöße begannen erst langsam, doch es fehlte ihnen nicht an Kraft. Er wurde schneller und fand schließlich ein Tempo, bei dem er sich gnadenlos in sie hämmerte. Er veränderte den Winkel seiner schnellen Stöße und sie spürte, wie er jetzt bei jeder Bewegung gegen ihre Klitoris rieb. Sie schlang ihre Beine um seine Hüften. Der überwältigende Rausch der Gefühle machte Sydney schwindlig.

„Das ist es. Verdammt, bist du eng."

Logan zog sich ganz heraus und stieß dann wieder hart in sie. Sydney stöhnte auf, ihre Augen weiteten sich. Er war so groß, so hart, so dick. Sie hatte das Gefühl, dass er jeden Zentimeter von ihr ausfüllte.

Als er immer schneller in sie stieß, begann ihm der Schweiß über die Brust zu laufen und seine Muskeln spannten sich an.

„Ich möchte, dass du wieder kommst, Sydney. Dieses Mal mit meinem Schwanz tief in dir." Seine Worte endeten mit einem Knurren.

LOGAN STIESS UNBARMHERZIG in Sydney hinein. So eng. So heiß. So fantastisch. Er konnte seine Erlösung kaum noch zurückhalten.

Er sah nach unten und merkte, wie sie leise sexy Geräusche von sich gab und ihre schönen Brüste bei jedem Stoß wippten. Der Duft ihrer Erregung überwältigte ihn und trieb ihn an den Rand seines Orgasmus. Aber erst wollte er sie noch einmal kommen sehen. Er stieß sich weiter tief in sie und sein Blick ließ nicht von ihr ab.

Kurz darauf keuchte sie auf, ihr Körper spannte sich an und sie klammerte sich fest an ihn, während sie ihren Kopf zurückwarf.

Eine Sekunde später schlug seine eigene Erlösung wie eine Explosion in seinen Körper ein. Er stöhnte, sein Rücken krümmte sich, seine Finger gruben sich in ihre Haut.

Als er wieder zu sich kam, sackte er auf ihr zusammen, rollte sich zur Seite und zog ihren warmen Körper mit sich. Ihre Augen waren geschlossen, ihr Brustkorb hob und senkte sich in flachen Atemzügen.

Logan drückte sie noch einen Moment fest an sich,

dann ließ er sie zögernd los und stand auf. Es dauerte nur eine Sekunde, bis er das Kondom abgestreift hatte. Und als er sich umdrehte und die schlanken Gliedmaßen, die schönen Brüste und die weichen Wellen ihres blonden Haares um ihr schönes Gesicht betrachtete, spürte er, wie das Verlangen bereits wieder in ihm aufflammte. *Verdammt.*

Er kletterte zurück ins Bett und zog sie an sich, vergrub sein Gesicht in ihrem Haar und atmete sie ein. Sie drehte sich um und kuschelte sich an ihn.

Wann hatte er das letzte Mal mit einer Frau im Bett gekuschelt? *Noch nie.* Nicht einmal während seines kurzen, katastrophalen Verhältnisses mit Annika.

Er ließ eine Hand an Sydneys Körper hinuntergleiten und streichelte langsam ihre glatte Haut.

Dann bewegte sie sich, drückte sich hoch und studierte die Rückseite seiner Arme. Ihre Finger fuhren über seine Tätowierungen.

„Die gefallen mir sehr", erklärte sie. „Sie passen zu dir."

Er ließ sich von ihr umdrehen, bis er auf dem Bauch lag, den Kopf auf seinen Armen. Sie bewegte sich, ihre Hände fuhren über seinen Rücken, über sein Wolfstattoo. Der Blick in ihrem Gesicht, während sie ihn erforschte ... er hatte noch nie eine Frau gehabt, die ihn so angesehen hatte. Und schon gar nicht hatte eine Frau seine Tätowierungen so angeblickt wie Sydney Granger, genau so, wie sie ein ausgefallenes Kunstwerk in einer Galerie betrachten würde.

Er setzte sich auf und zog sie in seinen Schoß, ihren

Rücken an seine Brust gelehnt. Dann umfasste er ihre Brüste. „Die gefallen mir sehr gut. Sie stehen dir."

Sie lachte. Doch als er sanft an ihren Brustwarzen zog, wich ihr Lachen einem lustvollen Keuchen. Sie presste sich gegen ihn, ihr süßer, runder Hintern drückte gegen seinen Schwanz. Natürlich hatte er schon wieder einen Ständer.

Sie drehte ihren Kopf zurück. „Bist du schon wieder bereit?"

„Meine Ausdauer ist ziemlich beeindruckend."

Ihr Lachen kam tief und kehlig.

Dann sagte er zögernd: „Aber ich hatte nur ein Kondom."

Sie räusperte sich. „Ich nehme die Antibabypille. Und ich bin gesund."

Er wusste, dass ihre gemessenen Worte bedeuteten, dass sie so etwas normalerweise nicht tat. Das Vertrauen, das sie ihm entgegenbrachte, ließ seine Brust ganz warm werden.

Seine Hände streichelten über ihren Bauch. Der Gedanke, ohne jede Barriere in sie hineinzugleiten, ohne eine Schicht Latex zwischen ihnen ...

„Ich habe mich erst vor zwei Wochen untersuchen lassen", antwortete er. „Ich bin sauber."

Ihr Lächeln war langsam und sexy. „Na dann, wilder Mann, zeig mir, wie gut deine Ausdauer wirklich ist."

Er hob ihren Kopf an und drückte seinen Mund auf ihren. Nur eine Sekunde später rollte er sie herum und versenkte sich erneut in ihr – er kam nach Hause.

KAPITEL ZEHN

S ydney stöhnte genüsslich.
Sie war auf den Knien, ihre Hände gruben sich fest in Logans starke Schenkel und ihr Mund saugte an seinem großen Schwanz.

Er brummte leidenschaftlich auf. Gott, sie liebte das. Die Wirkung zu sehen, die sie auf ihn hatte. Der moschusartige Geschmack von ihm.

Seine Hand glitt in ihr Haar und sein Griff war fest genug, um ein köstliches Brennen auf ihrer Kopfhaut auszulösen. „Das gefällt dir, nicht wahr?", knurrte er zwischen zusammengebissenen Zähnen.

Sie zog sich zurück und fuhr mit ihrer Zunge über seine Eichel. Dabei sah sie, wie sich die starken Muskeln seines Bauches anspannten. „Ich mag es, dir zu geben, was du brauchst."

„Du magst die Macht."

Sie lächelte. „Das auch." Sie saugte ihn zurück in ihren Mund.

Er ließ sie noch ein paarmal an seiner harten Länge

entlanggleiten, dann wanderten seine Hände unter ihre Arme.

„Genug." Er zog sie hoch und drehte sie um. Sein großer Körper bedeckte sie von hinten, die Haare auf seinen Schenkeln kitzelten sie an den Seiten. Eine Sekunde später stieß er seinen großen Schwanz vollständig und ohne Vorwarnung in sie hinein.

Ihr Stöhnen erklang lang und laut, während er sich aus ihr zurückzog und erneut hart in sie rammt. Er reichte so tief in sie hinein, und sie fühlte sich so gedehnt.

Logan gönnte ihr keine Gnade, war kein sanfter oder zurückhaltender Liebhaber. Er war rau und wild, und sie liebte jede Sekunde davon.

Hart und fordernd stieß er in sie und nahm sie in Besitz. Sie spürte, wie seine schwieligen Finger über ihren Bauch glitten und ihre Klitoris fanden.

„Ja, Logan."

Noch ein paar weitere Stöße und ihre Lust verdichtete sich in ihrem Inneren und sie explodierte. Als sie in ihrer Ekstase erzitterte, drückte er sich tief in sie und verharrte dort, während er sich in ihr ergoss.

So blieben sie gemeinsam liegen und atmeten schwer.

„Was für eine Art aufzuwachen." Seine Stimme war heiser. Er zog sich ein wenig zurück und drückte ihr einen Kuss auf ein Schulterblatt. „Die verdammt beste Art."

Ihr ging es gleich. Noch nie hatte sie sich einem Mann so nahe gefühlt.

Als er sich ganz aus ihr herauszog, stöhnte sie leise wenig auf. „Ich hoffe wirklich, dass wir heute nicht auf den Pferden reiten müssen." Sie war mehr als nur ein wenig wund zwischen ihren Schenkeln.

Er drückte ihr noch einen Kuss in den Nacken, stand dann auf und ging zum Wassereimer. Sie sah ihm zu, wie er sich mit Wasser bespritzte. Es rann an seiner Brust hinunter und er wusch sich mit schnellen, einfachen Bewegungen – Brust, Achselhöhlen, Genitalien. Sydney lehnte sich auf dem Bett zurück und wünschte sich, sie hätten eine heiße Dusche und sie könnte mit ihren seifigen Händen über seinen enormen Schwanz und seine Eier streichen. Er zog sich an, und Enttäuschung machte sich in ihr breit, sobald die Kleidung seine Muskeln und Tattoos verdeckte.

„Die Sonne wird bald aufgehen", sagte er. „Sobald wir können, brechen wir auf zur anderen Seite des Sees und inspizieren die Grabstätten. Mal sehen, was dein Bruder dort für dich hinterlassen hat."

Ihr nächtliches Intermezzo war vorbei. Sie spürte, wie die harte Realität sie wieder einholte. Für eine Nacht, für diese köstlichen, sinnlichen Stunden, hatte sie die Menschen, die hinter ihr und ihrem Bruder her waren, vergessen können. „Und die Seidenstraße?"

„Die werden wir kommen sehen. Dec hat schon ein paar Dinge geplant."

„Es sei denn, sie haben den falschen Piero getroffen und er hat ihnen alles erzählt."

Logans Gesicht verfinsterte sich. „Hoffentlich hat ein Jaguar ihn zuerst gefunden." Er zog sein Hemd zurecht und ließ seinen Blick über sie schweifen. „Ich werde dir frisches Wasser aus dem See holen." Er schnappte sich den Eimer und ging nach draußen.

Sydney begann, ihr Haar zu entwirren und sich auf den Tag vorzubereiten. Sie hoffte – betete –, dass sie Drew heute finden würden.

Logan war schnell mit dem vollen Eimer zurück, stellte ihn ab und kam zum Bett. Dann angelte er nach ihr, umfasste eine ihrer Brüste und streichelte ihren Bauch entlang. Seine Berührung war von besitzergreifendem Anspruch, als hätte er jedes Recht dazu, als gehöre ihr Körper ganz ihm.

Sie spürte, wie sich ihr Puls beschleunigte. „Geh", sagte sie. „Sonst sind wir beide gleich wieder nackt."

„Damit machst du mir keine Angst, Babe."

„Geh." Sie machte eine scheuchende Bewegung mit ihrer Hand.

Er beugte sich hinunter, küsste sie lang und innig, und dann war er weg.

Sydney ließ sich Zeit. Sie wusch sich und strich mit einem Lappen über ihren Körper, über jeden blauen Fleck, jede durch seine Barthaare verursachte wunde Stelle und den angenehmen Schmerz zwischen ihren Schenkeln. Dann lächelte sie in sich hinein. Der große, wilde Logan gehörte ganz ihr.

Es dauerte nicht lange, bis sie sich fertig angezogen hatte. Dann verstaute sie alle Sachen in ihrem und Logans Rucksack. Sie schaute sich in der Hütte um. Die einfachen Betten. Der schmutzige Boden. Es tat ihr fast leid, das alles hinter sich zu lassen.

Sie hängte sich ihren Rucksack über die Schulter und schritt hinaus in die Morgenluft. Die Sonne ging gerade auf und tauchte den Wald in das schwache Licht der

Morgendämmerung. Stille lag über dem See und den Bäumen. Es war so schön.

Sie entdeckte das THS-Team in der Nähe, das dicht gedrängt zusammen saß und sich leise unterhielt. Sie gesellte sich zu ihnen.

„Irgendein Anzeichen von der Seidenstraße?"

Logan schüttelte den Kopf. „Nichts."

Declan wies auf einen überwucherten Weg, der hinunter zum See führte. „Am Rande des Sees liegen vier kleine Holzboote. Wir rudern auf die andere Seite und nehmen alle Boote mit. Wenn die Seidenstraßen-Männer kommen, werden wir sie von der anderen Seite aus sehen, und es wird schwierig für sie sein, über-zusetzen."

Sie machten sich auf den steilen Weg hinunter zum Wasser. Die Bäume reichten in einem wilden Gewirr bis ans Ufer. Sydney starrte die Boote misstrauisch an. Sie sahen handgemacht aus und waren in keinem besonders guten Zustand.

Hale, Morgan und Declan kletterten jeweils in ein Boot und stießen es ab. Logan hielt das Heck des letzten Bootes fest und winkte Sydney zu sich. Sie kletterte hinein, und er schob das Boot vom Ufer weg und sprang dann hinter ihr hinein. Das kleine Boot schwankte deut-lich unter seinem Gewicht. Er schnappte sich zwei Paddel, und schon bald ruderten sie über das stille Wasser der Laguna de los Condores.

„Genau so muss es ausgesehen haben, als die Wolkenkrieger hier noch lebten", sinnierte sie. „Es fühlt sich fast mystisch an hier draußen auf dem Wasser. Es ist leicht zu verstehen, warum sie diesen Ort ausgewählt haben."

„Schau." Logan hob sein Kinn in Richtung der sich nähernden Felswand.

Sie starrte in die Richtung, ohne zu wissen, was er meinte. Dann entdeckte sie unter einem Überhang an der Klippe eine der Chullpas. Ihr Herz schlug schneller. Sie befand sich hoch über dem Wasser.

Bald schob sich das Boot an das Ufer heran. Logan kletterte hinaus, sicherte es und half ihr dann heraus.

Declan holte eine Machete hervor, und sie begannen den steilen, schlammigen Anstieg hinauf zu den Chullpas. Sydney hielt sich an allem fest, was sie ergreifen konnte, um ihr Gleichgewicht zu halten und nicht abzurutschen. Schließlich erreichten sie einige einfache, hölzerne Leitern, die in die Flanke des steilen Hügels gepresst waren.

„Von den Archäologen hinterlassen", sagte sie.

Sie kletterten weiter hinauf. Sydney hielt einmal inne und blickte zurück auf den See und die umliegenden Wälder. Atemberaubend.

Bald erreichten sie den Gipfel und Sydney kletterte auf einen Vorsprung. Direkt vor ihr befand sich eine Chullpa. Sie war in die Felswand gehauen, und an einigen Stellen konnte sie Reste von weißer, roter und gelber Farbe erkennen.

„Hale, du hältst Wache", murmelte Declan.

Dieser nickte und holte ein Fernglas aus seinem Rucksack.

„In Drews Aufzeichnungen steht, dass es hier oben noch

sechs nicht abtransportierte Chullpas gibt und die Überreste einer weiteren, die die Plünderungen nicht überlebt hat", berichtete Sydney und trat vorsichtig näher an die Chullpa heran. „Sie beherbergten jeweils Mumien und Opfergaben. Die Mumien waren eingewickelt und gut erhalten."

Sie betrachtete die geschnitzten Reliefs und stellte sich die Mumien vor, die darunter viele hundert Jahre lang gelegen haben mussten.

„Abgefahren", staunte Morgan.

Sydney drehte sich um und betrachtete eine Reihe von Schädeln und Knochen, die auf einem Felsvorsprung nebeneinander aufgereiht waren. „Als der Ort geplündert wurde, wurden einige Mumien zerstört, weil die Räuber nach Metall und Schmuck suchten. Ich schätze, die Archäologen haben nichts mitgenommen, was nicht mehr vollständig intakt war." Die leeren Augen der Schädel blickten auf den See hinaus. „Die Opfergaben hier waren nur Keramiken, Textilien und gefiederte Kopfbedeckungen. Eine Schande, dass die Grabräuber so viel zerstört haben."

Und nun wollte die Seidenstraße die Wolkenkrieger erneut berauben.

„Waren es also die hohen Würdenträger von Chachapoya, die hier begraben wurden?", fragte Logan. Er starrte auf einige der Kunstwerke, die noch an den Steinwänden zu sehen waren.

„Das weiß niemand ganz genau. Es scheint, dass einige Mumienkörper nicht die Art von Abnutzung aufwiesen, die das Leben damals mit sich gebracht hätte, was bedeutet, dass sie wahrscheinlich zur Elite gehörten. Aber die Wolkenkrieger schienen ziemlich egalitär eingestellt gewesen zu sein, und es wurden Mumien von Menschen aus allen sozialen Schichten gefunden."

Als sie den Stein berührte, auf dem eine Mumie geruht haben musste, stellte sie sich vor, wie Drew dort gestanden und das Gleiche getan hatte. Was würde er hier gesucht haben? Wo würde er ihr eine Nachricht hinterlassen haben?

Vor ihrem geistigen Auge konnte sie sich vorstellen, wie ihr Bruder umherwanderte, Fotos machte und festhielt, was er hier sah.

Sie drehte sich um und merkte, wie Logan und Declan über den See zurückblickten, wachsam und angespannt. Hale stand neben ihnen und schaute durch das Fernglas.

„Bewegt sich etwas?", fragte Declan.

„Nichts", antwortete Hale.

Sydney setzte sich in der Nähe der Schädelreihe nieder und betrachtete die atemberaubende Aussicht. „Es tut mir leid, dass eure Ruhe gestört wurde", sprach sie leise. Sie bemerkte, dass ein Schädel umgedreht war und vom See wegblickte. Das erinnerte sie an die Zeit, als Drew sie an Halloween mit einem Plastikschädel erschreckt hatte. Er hatte ihn direkt neben ihr Bett gestellt.

Ihr Blick verengte sich auf den Schädel. Sie erhob sich und trat näher heran. Der Schädel schaute auf eine Spalte im Fels.

Und in der Spalte war etwas eingeklemmt.

Ihr Herz begann zu pochen. Es war nicht groß, aber was immer es war, es gehörte nicht in diese Grabstätte der Wolkenkrieger. Sie griff hinein und zog es heraus.

Sydney hielt eine Speicherkarte hoch. „Ich glaube, ich habe gefunden, was mein Bruder mir hier hinterlassen hat."

LOGAN SPÜRTE die Aufregung und Hoffnung, die von Sydney ausging. Mit zitternder Hand übergab sie Dec die Speicherkarte.

Doch Logans Blick blieb an ihrem Gesicht hängen. Er hatte die ganze Nacht über jedes einzelne Aufflackern von Emotionen auf ihren eleganten Zügen beobachtet.

Es war die wildeste und heißeste Nacht seines Lebens gewesen. Sie hatte nicht nur mit ihm und seinem sexuellen Tempo Schritt gehalten, sie hatte sich auch nicht gescheut, einzufordern, dass er ihre eigenen Bedürfnisse befriedigte. Hinter dem eleganten Äußeren verbarg sich eine Frau, die wusste, was ihr gefiel, und sich nahm, was sie wollte.

Was auch immer nach diesem Job passierte, er hatte beschlossen, sie nicht mehr herzugeben.

Sydney gehörte jetzt ihm.

Zur Hölle, er würde sogar ihren schicken Wein trinken und den schmierigen Camembert essen, wenn er müsste.

Dec steckte die Speicherkarte in sein Tablet und reichte es Sydney. Sie tippte auf den Bildschirm und lächelte. „Da ist eine Videoaufnahme drauf."

Eine Sekunde später erschien das Gesicht von Drew Granger auf dem Bildschirm. „Sydney. Gott, ich hoffe, du bist es, die das sieht, und dass es dir gut geht." Ihr Bruder stieß einen langen Atemzug aus.

„Er sieht müde aus", murmelte sie.

Logan kannte Drew Granger nicht, aber der junge Mann sah wirklich erschöpft aus.

„Ich wollte nie, dass das passiert", fuhr Drew fort. „Es hat mir großen Spaß gemacht, über die Chachapoyas zu recherchieren. Sie sind ein *so* faszinierendes Volk. Ich glaube, dass sie sogar noch fortschrittlicher waren, als die Geschichtsforschung bisher herausgefunden hat. Ihre fortschrittlichen Operationen, die Ausbildung ihrer Krieger, ihre Bautechniken ... und, Sydney, sie waren Metallschmiede. Sie hatten Gold, Silber und andere Metalle." Der Mann lächelte. „Ich habe Hinweise darauf gefunden, dass sie ihre Schätze in einem Tempel versteckten. Sie kämpften gegen die Inka und wussten, dass sie der zahlenmäßigen Überlegenheit nicht dauerhaft standhalten konnten. Wie die Inka benutzten auch die Wolkenkrieger geknotete Quipus, um Informationen aufzuzeichnen. Niemand hat je einen ihrer Quipu entschlüsselt, sie sind immer noch ein völliges Rätsel." Er grinste wild. „Aber mir ist es gelungen, Sydney! Ich habe ein Quipu der Wolkenkrieger entschlüsselt und herausgefunden, dass sie ihre Schätze tief im Wald versteckt haben. Gold, Silber, Juwelen und vor allem Aufzeichnungen über ihr Wissen." Er streckte seine Hände aus. „Das wird der größte Fund des Jahrhunderts." Dann runzelte er die Stirn. „Aber ich habe es vermasselt. Ich war zum Feiern in einer Bar in Lima, und da war eine wunderschöne Frau ... sie schien so interessiert an mir und meiner Arbeit. Ich habe ihr alles erzählt." Er schüttelte den Kopf. „Ich bin so ein Vollidiot.

Ich hätte wissen müssen, dass eine Frau wie sie nicht wirklich an einem Streber wie mir interessiert ist."

Logan konnte sich denken, was danach geschehen war. Er hatte Mitleid mit dem Mann, denn er wusste nur zu genau, wie sich ein solcher Verrat anfühlte.

„Am nächsten Tag waren sie schon hinter mir her. Es gelang mir zu entkommen." Drew seufzte. „Sie nennen sich Seidenstraße und sind gefährlich. Wirklich gefährlich. Sydney, ich weiß, dass sie hinter dir her sind, um mich zu finden. Du musst vorsichtig sein. Es tut mir leid, Schwesterherz." Ein schwaches Lächeln. „Wenigstens weiß ich, dass du gut auf dich selbst aufpassen kannst."

Logan ballte seine Hand zur Faust. Drew war also einfach so dazu bereit, seine Schwester den Wölfen zum Fraß vorzuwerfen? Logan spürte, wie ein Muskel in seinem Kiefer zuckte. Er hätte dem Mann einiges zu sagen, wenn sie ihn fanden.

„Ich bin hinter dem Schatz her, Sydney." Sein Lächeln war nun reumütig. „Dieses Mal werde ich es dir etwas leichter machen. Keine Spielchen mehr. Meine Nachforschungen haben ergeben, dass sie ihren Schatz in eine ihrer entlegensten Städte gebracht haben. Ein Ort namens Lapoc. Ich werde jetzt dorthin gehen. Wir sehen uns wieder, wenn du mich dort findest." Dann war die Aufnahme zu Ende.

„Es geht ihm gut." Sydney lächelte, dann murmelte sie einen Fluch. „Ich wünschte, er käme einfach zurück nach Hause. Scheiß auf den Schatz. Er ist sein Leben nicht wert. Ich will nur, dass er in Sicherheit ist."

„Mach dir keine Sorgen." Logan legte seine Hand in

ihren Nacken und zog sie an sich. „Wir werden ihn finden."

„IN ORDNUNG, ich werde versuchen, Darcy zu kontaktieren", sagte Declan.

Sydney nickte und reichte ihm das Tablet zurück.

Declan schaffte es, eine Satellitenverbindung herzustellen. „Wenn jemand herausfinden kann, wo sich diese Stadt Lapoc befindet, dann ist es Darcy." Er warf einen Blick auf Hale. „Irgendein Zeichen von unseren Freunden?"

Hale senkte sein Fernglas. „Immer noch nichts. Da stimmt was nicht."

Sydney beobachtete Logan und die anderen, wie sie die gegenüberliegende Seite des Sees absuchten. Alle waren angespannt, Logan am meisten, und sie konnte sehen, dass er misstrauisch war.

„Wo zum Teufel sind sie?", fluchte Logan.

„Vielleicht hat Piero gelogen?", meinte Sydney.

Logans finsterer Blick verriet, dass er das nicht glaubte.

„Ich habe Darcy erreicht." Declan hielt das Tablet hoch.

Darcys Gesicht erschien auf dem Bildschirm, aber die Verbindung war schlecht und das Bild flackerte.

„Hey, Darcy, wir haben es zum See geschafft", berichtete Declan. „Wir hatten ein paar Probleme auf dem Weg, aber ansonsten ist alles in Ordnung."

Darcy beugte sich vor. „Lass mich raten. Das Problem beginnt mit S und endet mit Straße."

„Wir haben uns um sie gekümmert, aber wir wissen, dass noch mehr Mitglieder der Seidenstraße auf dem Weg hierher sind. Außerdem haben wir einen weiteren Hinweis von Drew Granger gefunden. Was kannst du über einen Ort namens Lapoc herausfinden?"

Darcy tippte auf die Tastatur. „Was ist das?"

„Eine abgelegene Dschungelstadt der Wolkenkrieger, laut Granger."

Darcy schüttelte den Kopf, ihr Haar streifte ihr Kinn. „Es gibt keine Aufzeichnungen über ein Lapoc in Verbindung mit dem Wolkenvolk." Sie runzelte die Stirn. „Das Wort wird nirgendwo erwähnt."

Alle verstummten. Sydney spürte, wie ihr das Herz in die Hose rutschte. „Das kann nicht sein. Mein Bruder hat definitiv Lapoc gesagt, und er hat auch gesagt, keine Spielchen mehr ..." Sydney brach ab.

„Was?", fragte Logan.

„Ein weiteres dummes Spiel aus unserer Kindheit. Er sagte immer ‚keine Spielchen mehr', um mich in falscher Sicherheit zu wiegen und dann doch noch einmal zu täuschen."

Logan strich sich über die bärtigen Wangen. „Lapoc ist also nicht wirklich der Ort?"

Sydney fuhr sich mit der Hand durch ihr Haar. „Ich bin mir nicht sicher. Darcy, kannst du die Buchstabenkombinationen des Namens verändern? Mal sehen, ob etwas anderes Sinn ergibt? Das war eine weitere Sache, die Drew immer gern gemacht hatte. Anagramme aus Buchstaben."

Darcy nickte. „Das könnte eine Weile dauern ...", ein Piepton ertönte, „oder auch nicht. Über die Sprache der Chachapoya ist nicht viel bekannt, aber es wird vermutet, dass *lap* Festung bedeutet. Es wird an das Ende von Ortsnamen angehängt."

„Wie die Ruinen von Kuelap", bestätigte Sydney.

„Richtig. *Oc* ist nicht so eindeutig. Es wird vermutet, dass es Puma oder Bär oder vielleicht Jaguar bedeutet."

Sydney richtete sich auf. „Also nicht *Lapoc*, es könnte *Oclap* sein. Festung des Jaguars."

„Ich habe einen sehr vagen Hinweis auf Ruinen einer abgelegenen Stadt gefunden, die in einem dichten, unberührten Waldgebiet nicht allzu weit von eurem Standort entfernt liegen. Sie weisen die klassischen Merkmale von Chachapoya-Städten auf – große Verteidigungsmauern und Rundbauten. Aber das ist Jahre her, und niemand hat sie seitdem besucht. Von der Laguna de los Condores ist es ein etwa fünfstündiger Fußmarsch."

„Das muss es sein. Danke, Darcy", sagte Declan. „Kannst du mir diese Informationen schicken?"

„Schon erledigt. Declan, ihr passt auf euch auf."

„Tun wir doch immer", antwortete er. „Grüß Layne von mir."

„Wird gemacht." Darcy verschwand.

„Plan?", fragte Logan.

Auf dem Bildschirm erschien eine Karte. Der See war klar zu erkennen, ebenso wie der leuchtende gelbe Punkt südöstlich des Sees.

„Wir gehen zu diesem Ort", Declan deutete auf den Punkt, „und suchen dort nach einem Zeichen von Drew Granger."

„Und der Schatz?", fragte Morgan.

„Nicht unsere Priorität. Wenn wir ihn finden, markieren wir die Stelle, und ich werde dafür sorgen, dass die peruanische Regierung davon erfährt."

Sydney war sich nicht so sicher, ob Drew den Schatz einfach so aufgeben würde. Aber Declan hatte recht, Drew zu finden, war das Einzige, was hier zählte.

„Dec!" Hales Stimme klang dringlich. Er drehte sich um und sah sie an. „Ich bin sicher, ich habe Bewegungen im Dickicht gesehen."

„Jaguar?"

„Das glaube ich nicht."

Declan runzelte die Stirn. „Bei den Hütten?"

„Nein. Auf *dieser* Seite des Sees. Direkt südlich unseres Standorts."

Declan und Logan fluchten. Sydney spürte, wie sich alle versteiften, drehte sich um und suchte die Bäume ab.

Sie sah nichts.

Dann roch sie etwas. Mit einem Stirnrunzeln holte sie tief Luft. *O nein.*

„Ich rieche Rauch." Ihr Blick traf den von Logan. „Feuer!"

KAPITEL ELF

Unten am Hügel sah Logan, wie die Flammen an den Bäumen hochleckten.

Declan drückte Logan das Tablet in die Hand. „Logan, nimm Sydney und geh zu den Ruinen."

„Das ist eine Falle, Dec. Sie wollen, dass wir fliehen ..."

„Deshalb werden Hale, Morgan und ich sie aufhalten und euch die Chance geben, zu entkommen."

Die Flammen stiegen höher, das Knistern wurde lauter. Dann hörte er ein sehr vertrautes Geräusch. Schüsse.

Kugeln schlugen in die Bäume hinter ihnen ein.

Scheiße. Logan ging in Deckung, schlang einen Arm um Sydney und zog sie mit sich.

Dec hockte sich neben sie. „Geht weiter nach oben. Wir können nicht über die Leiter zurück hinunter."

Logan war hin- und hergerissen. Er hasste es, seine Freunde mit diesen Mistkerlen allein zu lassen. Aber ein

Teil von ihm wollte auch Sydney in Sicherheit bringen. Was für eine Wahl. Seine Freunde oder seine Frau.

Dec traf die Entscheidung für ihn. „Geh." Er drückte Logans Hand. „Wir holen euch ein. Ich verspreche es."

Und sein Freund hatte noch nie ein Versprechen gebrochen. Es war dumm von ihm gewesen, Annika zu vertrauen, aber sein Vertrauen in Dec war nie enttäuscht worden. Ebenso wenig wie sein Vertrauen in die Frau, die sich gegen seine Seite drückte und ihn voller Zuversicht beobachtete.

„Lass dich nicht anschießen", knurrte Logan. „Layne wäre wieder stinksauer. Das letzte Mal, als das passiert ist, war sie es auch schon."

Ein schwaches Lächeln von Dec. „Schon kapiert. Jetzt *geht.*"

Logan warf Hale und Morgan einen kurzen Gruß zu, ergriff Sydneys Hand und zog sie über einen Vorsprung in die Bäume. Er umklammerte den Griff seiner Machete und hackte sich einen Weg den steilen Abhang hinauf.

Um sie herum wurde der Rauch dichter. Sydney fing an zu husten. Logan zog sein Hemd aus und riss zwei Streifen von der Unterseite ab. „Hier." Zuerst band er einen Streifen über ihren Mund und dann über seinen. „Jetzt müssen wir uns beeilen", seine Worte wurden durch den Stoff gedämpft, „und so viel Abstand wie möglich zwischen diese Typen und uns bringen." Er aktivierte das Tablet, um noch einmal die Karte zu überprüfen, schaute auf den Stand der Sonne und machte sich dann auf den Weg.

Sie kämpften sich so gut sie konnten durch den dichten Wald. Stellenweise war es schwierig, und sie rutschten auf dem steilen, schlammigen Boden ab. Schließlich erklommen sie den Hügel ... und kamen in ein noch dichteres Waldstück.

Hier gab es keinerlei Pfade, denen man folgen konnte. Logan musste Lianen und Gestrüpp weghacken, um ihnen einen Weg zu bahnen.

Bald lichtete sich der Rauch, und die Geräusche vom See waren verschwunden – keine Schüsse oder Schreie. Dec und den anderen würde es gut gehen. Logan wusste, dass sie zäh waren und niemals aufgaben. Sie würden mit den Seidenstraßen-Söldnern fertig werden, selbst mit auf dem Rücken gefesselten Händen. Verdammt, er war sich sicher, dass Morgan mit ihnen allen allein fertig werden konnte.

Logan konzentrierte sich darauf, Sydney nach Oclap zu bringen.

Sie waren schon eine Stunde unterwegs, als Sydney stolperte und stehen blieb. „Ich muss mich ... ausruhen." Sie atmete schwer.

Er nickte und ließ die Machete sinken. „Hier." Er reichte ihr eine Wasserflasche. „Geht es dir gut?"

Sie nickte. „Gib mir nur eine Minute, dann geht es schon wieder." Sie hob die Flasche und trank einen Schluck Wasser. Ihr Haar klebte an ihren Schläfen und sie schwitzte. „Ich kann nicht glauben, was die Seiden-straße für diesen Schatz zu tun bereit ist. Töten, den Wald niederbrennen, möglicherweise die Gräber über dem See zerstören ..."

„Geld. Macht. Gier. Es ist immer die gleiche Geschichte."

Sydney legte den Kopf schief. „Du denkst schon wieder an diese Agentin."

„Ja." Aber komischerweise fühlte sich das saure Brennen in seinem Bauch nicht mehr ganz so schlimm an.

Sydney schraubte den Deckel wieder auf die Wasserflasche und reichte sie ihm zurück. „Lass uns meinen Bruder suchen und dafür sorgen, dass die Seidenstraße *kein* einziges Stück des Wolkenkrieger-Schatzes in die Hände bekommt."

Logan lächelte sie an. „Ich mag es, wenn du so energisch und dominant bist."

Sie schlug ihm eine Hand auf die Brust. „Das war noch gar nichts. Später werde ich dir mehr zeigen."

Sie setzten sich wieder in Bewegung.

Logan gab ein schnelles Tempo vor, und sie beschwerte sich nicht, sondern hielt mit ihm Schritt.

Nach zwei weiteren Stunden hielt er an. „Lass uns eine Pause einlegen."

Sie nickte und lehnte sich gegen einen Baum. Er hätte sich keine bessere Trekking-Partnerin wünschen können. Sie war klug und zäh. Schön und sexy. Und gehörte jetzt ihm. Logan spürte, wie sich etwas Unbekanntes in ihm regte. Scheiße. *Scheiße. Scheiße.*

Sie sah auf und lächelte ihn an. Seine Liebe für sie verwandelte sich in etwas anderes. Sie waren wieder einmal einer gefährlichen Situation entkommen, hätten getötet werden können. Es lagen mittlerweile zwar einige Stunden zwischen ihnen und der Gefahr ... aber er würde nicht ruhen, bis sie hundertprozentig sicher und weit weg von den Seidenstraße-Gangstern waren.

Plötzlich verspürte er ein primitives Bedürfnis, sie für sich zu beanspruchen, diese Frau als die seine zu kennzeichnen.

Er machte einen Schritt auf sie zu. Ihre Augen weiteten sich. Er wollte sie. Jetzt. Er zog sie an sich und presste seinen Mund auf ihren. Der Kuss war wild und intensiv. Bald gab sie leise Geräusche von sich und versuchte, seinen Körper zu erklimmen. Ohne nachzudenken, öffnete er ihre Hose und schob sie hinunter.

„Logan", keuchte sie.

Er presste sie gegen den Baumstamm, öffnete seine eigene Hose und gab seinen Schwanz frei. Dann legte er seine Hand um ihren Hintern, umfasste ihre Pobacken und hob sie hoch. Sie schlang ihre Beine um seine Hüften.

Eine Sekunde später rammte er sich bis zum Anschlag in sie. Sie gab einen erstickten Laut von sich und ihre Nägel gruben sich in seine Schultern.

„Du bist so wild."

Und sie war so eng und feucht. Er fing an, sich zu bewegen, hämmerte in sie und zitterte, so stark war sein Verlangen nach ihr. Ihr Mund fand sein Ohr, knabberte und saugte daran, und sie gab leise hungrige Laute von sich. Logan fühlte sich wie ein wildes Tier, getrieben nur von dem einen Bedürfnis, sie für sich zu beanspruchen, sich mit ihr zu paaren.

Sie spannte sich an und schrie seinen Namen. Ihr Körper wand sich in seinen Armen, und sie zitterte unter der Wucht ihres Orgasmus.

Als sie sich an ihn presste, bedurfte es nur noch zwei

weiterer kräftiger Stöße, bevor seine Erlösung in ihr explodierte.

Als es vorbei war, hielt nur noch der Baum sie beide aufrecht. Erschöpft kämpfte Logan darum, wieder zu Verstand zu kommen und seine Triebe zu kontrollieren.

Gott, war er grob zu ihr gewesen. Gewissensbisse überkamen ihn. So grob war er noch nie zu einer Frau gewesen.

Er zog sich zurück, und sein Schwanz glitt aus ihr heraus. Sie gab einen leisen Laut des Protests von sich, und er betrachtete sie. Ihre Wangen waren gerötet, und in ihren Augen sah er ... intensive Zufriedenheit und Glückseligkeit.

Er runzelte die Stirn. „Geht es dir gut?"

Ihr Lächeln war sinnlich. „Besser als gut."

„Ich war grob zu dir."

„Und es hat mir gefallen." Dann warf sie einen Blick auf sein Gesicht und eine ihrer seidigen Augenbrauen hob sich. „Wilder Mann, ich kann mit allem umgehen, was du mit mir anstellst."

Er lächelte sie an und streichelte mit seiner Hand ihre Wange. Dann trat er mit einem bedauernden Seufzer zurück. „Wir müssen weitergehen. Es war dumm von mir, das jetzt hier zu tun, aber ..."

„Aber?", fragte sie.

„Ich konnte einfach nicht anders."

Sie lächelte und steckte ihre Bluse zurück in ihre Hose. „Dann lass uns weitergehen."

NACH WEITEREN ANDERTHALB Stunden Wanderung war Sydneys Körper wie betäubt. Ihre Beine bewegten sich zwar noch, aber sie spürte sie nicht mehr. Ihre Muskeln schmerzten. Sie folgte Logans breiter Gestalt und verfluchte insgeheim seine scheinbar endlose Ausdauer. Der Mann war eine Maschine.

„Wir sind nah dran", rief er zu ihr zurück.

Alle paar Minuten blickte er hinter sich, um nach ihr zu sehen. Das brachte sie zum Lächeln. Ihr großer Beschützer. Er konnte blitzschnell in Gewalt oder Leidenschaft explodieren. In der einen Sekunde der tödliche Kämpfer, in der nächsten der leidenschaftliche Liebhaber oder besorgte Beschützer.

Und sie war dabei, sich in ihn zu verlieben. Bei dieser Erkenntnis verweigerten ihre Beine ihr doch noch den Dienst. *O Gott.*

Er blickte stirnrunzelnd zurück. „Was ist los?"

Sie räusperte sich und zwang sich, weiterzugehen. „Nichts."

„Deinem Gesichtsausdruck nach zu urteilen, ist es nicht nichts."

Sie ging weiter. „Mir ist gerade etwas klar geworden."

Er war ihr so nah, dass sie die Wärme spüren konnte, die von ihm ausging. „Was?"

„Lass gut sein, Logan."

„Nein. Wenn du so aussiehst, als hätte dir jemand gerade einen auf die Zwölf verpasst, will ich wissen, was los ist."

Nerviges Alphamännchen. Sie blieb stehen und stemmte die Hände in die Hüften. „Na schön. Mir ist klar geworden, dass ich mich trotz deiner wilden und manchmal unhöflichen Art Hals über Kopf in dich verliebt habe."

Er blieb ruckartig stehen, und sie sah, wie sich sein Rücken anspannte. Dann drehte er sich um, und zum ersten Mal, seit sie ihn kennengelernt hatte, waren seine Augen so groß wie Untertassen.

Obwohl sein Schock sie schwer traf, musste Sydney lachen. „Ich glaube, du würdest weniger verängstigt aussehen, wenn ich dir sagen würde, dass eine Armee von Seidenstraßen-Schlägern hinter dir steht."

„Ich bin nicht verängstigt."

Sie versuchte, sich von seiner abweisenden Antwort nicht verletzen zu lassen. Aber der Blick in seinem Gesicht tat weh. Sehr sogar.

Sie schüttelte den Kopf. „Komm schon, wir müssen weiter ..."

Er ergriff ihren Arm, und sie sah zögernd zu ihm auf.

„Ich bin ... froh."

Sie blinzelte. „Was?"

„Ich bin froh darüber. Denn ich habe beschlossen, dass du mir gehörst und ich dich nicht mehr hergeben werde."

Sie wusste nicht, ob sie ihn schlagen oder küssen sollte. „Ich bin kein Spielzeug, Logan."

Er grinste. „Ich spiele aber ziemlich gern an dir herum."

Sie legte den Kopf schief. „Warum?"

„Warum ich gern an dir herumspiele?"

Sie ignorierte das. „Warum du mich nicht mehr hergeben willst."

„Darum." Er drehte sich um, hob seine Machete und begann, Lianen zu zerhacken.

„Das ist keine Antwort, Logan."

Er grunzte.

„Ist das deine Art, über deine Gefühle zu sprechen?"

„Männer reden nicht über Gefühle", knurrte er in einem schlecht gelaunten Tonfall.

Sie schob einige Lianen beiseite und schnaubte. „Genau. Weißt du, wer auch nicht über seine Gefühle spricht? Höhlenmenschen."

Logan drehte sich um und packte sie vorne an der Bluse. Dann zog er sie zu sich heran und zwang sie, sich auf die Zehenspitzen zu stellen.

„Ich bin nicht gut darin, okay? Ich bin besser darin, zu zeigen, was ich fühle." Er lockerte seinen Griff und seine Hand glitt hinauf, um ihren Hals sanft zu streicheln.

Sie gab sich vorerst damit zufrieden, aber sie hatte nicht vor, ihn so einfach davonkommen zu lassen. Dann bemerkte sie etwas hinter ihm, durch die Lianen, die er gerade zerhackt hatte.

„Logan, mein Gott. Dreh dich um."

Er tat es.

Gemeinsam starrten sie auf die riesigen Steinmauern, die sich direkt aus dem Waldboden erhoben.

LOGAN GING voran und lief am Fuß der Mauer entlang. Weiter vorn sah er eine Schlange, die sich ins

Unterholz verkroch, und beschloss, Sydney gegenüber nichts davon zu erwähnen.

Er suchte nach einer Art Eingang, so wie sie ihn in den Mauern von Kuelap gesehen hatten. Tatsächlich kamen sie zu eine schmalen Öffnung zwischen den Steinen.

„Hier." Er nahm ihre Hand und sie traten hindurch.

„Wow", hauchte Sydney. „Unglaublich."

Logan sah sich die verwitterte Stadt an. Ja, es war unglaublich. In Kambodscha hatte er einen geheimen unterirdischen Tempel gesehen. In Ägypten hatten sie die erstaunlichen Ruinen einer verlorenen Oase entdeckt.

Dieser Fund hier war ebenso außergewöhnlich.

Die Ruinen erinnerten an die Festung von Kuelap. Sein Blick schweifte über unzählige zerstörte Rundhäuser, Mauern, Terrassen und Plattformen. Hier hatte der Dschungel die Stadt zurückerobert, und vieles war von Vegetation zugewachsen.

Am anderen Ende der Stadt konnte er eine riesige Steinplattform erkennen. Und in der Mitte befand sich ein großer, runder Tempel aus riesigen Steinblöcken.

„Drew!" Sydney formte mit ihren Händen einen Trichter vor ihrem Mund und rief den Namen ihres Bruders.

Stille.

Logan sah, wie ihre Schultern nach unten sackten. „Komm, sehen wir uns um."

Sie wanderten durch die alten Mauern. Er stellte sich vor, wie die Krieger, die hier gelebt hatten, den Ort aufgebaut und instand gehalten hatten, bis sie aus ihrer Heimat vertrieben worden waren.

„Drew hat einen Tempel erwähnt." Sydney starrte zu dem kreisförmigen Bauwerk hinauf.

„Wir werden alles absuchen."

Die Minuten vergingen wie im Flug, während sie die Stadt durchkämmten. Mit jedem leeren Gebäude und jeder bröckelnden Ruine sah er, wie sich die Sorgenfalten auf Sydneys Gesicht vertieften.

Es dauerte nicht lange, bis sie die große Plattform und den Tempel erreichten.

Von der Basis aus blickten sie nach oben. Der Tempel war in einem riesigen Kreis gebaut.

„Erstaunlich", sagte Sydney. „Ich kann mir gut vorstellen, dass die Wolkenkrieger hier hinaufgestiegen sind, um ihre Göttern zu ehren."

Sie erklommen die Treppe und standen vor dem Eingang des Tempels. Sydney spähte hinein.

In diesem Moment bemerkte Logan etwas auf dem Boden, und erstarrte. Es war eine Blutlache. Er ging in die Hocke, tauchte den Zeigefinger hinein und rieb ihn an seinem Daumen.

Frisches Blut.

„Was ist das?" Sie kam an seine Seite.

Er ergriff ihre Hand und spürte, wie sie erstarrte.

„Blut", flüsterte sie.

„Vielleicht ist es nicht von einem Menschen." Dann entdeckte er etwas anderes in der Nähe.

Einen blutigen Handabdruck auf dem Boden.

„Sieht aus, als bräuchten wir Ihren Bruder doch nicht

mehr." Die tiefe Stimme mit dem schwachen Akzent ließ sie beide herumwirbeln.

Logan griff nach seiner Desert Eagle, aber der falsche Piero hatte seine Waffe bereits auf Sydney gerichtet.

„Legen Sie Ihre Waffe nieder und schieben Sie sie mit dem Fuß hier rüber." Der Mann gestikulierte mit seinen Fingern. Hinter ihm standen drei weitere Personen, die ebenfalls bewaffnet waren.

Wut vibrierte in Logans Bauch. Er hatte versagt. Er hätte diese Typen verdammt noch mal kommen hören müssen. Er ließ seine Waffe auf den Boden fallen und kickte sie zu dem Mann hinüber. Einen nach dem anderen musterte er die Kerle und schätzte sie ein. Ex-Militär, und sie sahen allesamt hart und kampferfahren aus.

„Ich wusste, ich hätte Sie töten sollen, als ich die Chance dazu hatte." Wut floss durch Logans Adern. Er kämpfte darum, sie zu unterdrücken und einigermaßen die Kontrolle zu behalten. Er durfte jetzt nicht die Beherrschung verlieren. „Wie sind Sie entkommen?"

„Wir haben das Feuer gelegt, und ich hatte genügend Leute, um Ihr Team zu beschäftigen, während ich Ihnen beiden folgte." Sein Lächeln war hässlich. „Und jetzt, lassen Sie uns den Schatz finden." Er starrte Logan an. „Und später werde ich Ihnen so oft in die Rippen treten, bis sie brechen." Dabei legte er die Hand auf seine Seite. „So wie Sie es mit mir gemacht haben."

Einer seiner Leute, eine durchtrainierte, sportliche, blonde Frau, trat vor und durchsuchte Logan. Sie war groß, hatte breite Schultern und ein ernstes Gesicht, das jeden davor warnte, sich mit ihr anzulegen. Sie ergriff seine Machete und nahm ihm sein Messer ab.

„Oh, und Mr. O'Connor?", sagte Piero. „Wenn Sie aus der Reihe tanzen, erschieße ich Miss Granger. Verstanden?"

„Ja." Logan wollte diesem Kerl am liebsten den Kopf abreißen, sobald er die Gelegenheit dazu hatte.

Piero winkte sein Team in Richtung des Tempels. Sie schritten durch den engen Eingang. Drinnen war es stockdunkel, und Pieros Leute zogen Taschenlampen heraus und schalteten sie ein.

Logan blieb dicht bei Sydney. Sie gingen durch mehrere leere Räume, und Logan erkannte, dass der Haupttunnel nach unten und tiefer ins Erdreich führte. Dabei kamen sie an wunderschönen Kunstwerken an den Wänden vorbei, die im typischen Chachapoya-Design gehalten waren.

„Ihr zwei werdet mir zu einer Beförderung verhelfen", verkündete Piero und studierte die Wände. „Meine Bosse waren nicht gerade begeistert davon, dass ich die erste Runde gegen Treasure Hunter Security verloren hatte."

Ein Muskel in Logans Kiefer zuckte, aber er blieb ruhig.

„Warum tun Sie das?", fragte Sydney. „Menschen verletzen, Menschen töten ... alles für einen Schatz?"

Piero drehte seine Taschenlampe und sah sie an. „Ich würde nicht erwarten, dass Sie das verstehen. Sie sind in privilegierten Verhältnissen aufgewachsen, mit Geld." Ein Schatten glitt über das Gesicht des Mannes. „Sie haben keine Ahnung, wie es ist, aus dem Nichts zu kommen, nichts zu haben und gezwungen zu sein, Dinge zu tun, die man nicht tun will."

„Es gibt immer Möglichkeiten", erwiderte sie.

„Nein", antwortete der Mann, sein Tonfall emotionslos. „Es gibt keine. Weiter."

Schließlich gelangten sie in einen großen Raum, der komplett aus Stein gehauen war. Er war mit Vorsprüngen und Hohlräumen gesäumt, ähnlich denen, die sie in den Chullpas am See gesehen hatten.

In diesen Hohlräumen hatten jedoch keine Mumien ihre letzte Ruhestätte gefunden.

Sie waren mit Schätzen gefüllt.

Das Team der Seidenstraße begann zu lachen und miteinander zu scherzen, und Piero drehte sich im Kreis, während seine Leute mit den Taschenlampen herumleuchteten.

Logan sah das Glitzern von Gold und Silber, sein Blick schweifte über Statuen, Schmuck und goldene Kopfbedeckungen.

Sydney trat näher an die Wand heran, und Logan folgte ihr. In einer Nische lag etwas gestapelt, das wie Schnüre aussah.

„Quipus", erklärte Sydney. „So haben sie ihre Informationen aufgezeichnet. Hier könnten ganz erstaunliche Dinge stehen." Sie warf den Seidenstraßen-Männern einen finsteren Blick zu, die bereits damit begannen, Schätze aus den Nischen zu holen und in Taschen zu packen. „Das ist falsch. Dieser Schatz wurde vor den Inka, vor den Spaniern und vor Plünderern hier versteckt." In ihrer Stimme schwang Wut mit.

Logans Sorge galt hingegen der Tatsache, dass er und Sydney nicht mehr gebraucht wurden.

Jetzt gab es keinen Grund mehr, sie am Leben zu lassen.

Wo zum Teufel waren Declan und die anderen?

„Sydney." Logan beugte sich nahe an sie heran und flüsterte. „Wir müssen von hier weg."

Sie nickte und beobachtete Piero und seine Männer. Dann machten sie ein paar verstohlene Schritte zurück Richtung Tür.

In diesem Moment drehte sich Piero um. „Oh, Sie wollen schon gehen?" Er hob seine Pistole. „Dabei kann ich Ihnen helfen."

„Lauf!", rief Logan und schob Sydney durch die Öffnung hinaus.

Schüsse hallten um sie von den Wänden, als sie in den Tunnel rannten.

KAPITEL ZWÖLF

Ohne eine Taschenlampe war es im Ausgangstunnel stockdunkel. Sie liefen blind, und Sydney spürte einen brennenden Schmerz in ihrer Seite. Dann stolperte sie.

„Weiter", bellte Logan.

Sie drückte ihre Hand auf ihre Seite und spürte, wie klebriges Blut durch ihre Finger sickerte. Mit zusammengebissenen Zähnen ignorierte sie den Schmerz und lief weiter. Sie wollte Logan nicht aufhalten. Hinter ihnen hörte sie die Männer der Seidenstraße.

Sie konzentrierte sich darauf, weiterzulaufen und aus dem dunklen Tunnel zu finden.

Eine Sekunde später stolperten sie hinaus in die Sonne.

Logan wurde kaum langsamer. Er zog sie in Richtung der Treppen der Plattform. „Wir müssen aus den Mauern hinaus und uns im Wald verstecken."

Sie biss sich auf die Lippe und lief die Treppe hinunter. Jeder Schritt war eine Qual.

Am Fuß der Treppe drehte er sich um. Dann sah er sie. Sein Gesicht wurde blass. „Sydney."

Sie sah nach unten. *Nicht gut.* Ihre Bluse war mit Blut getränkt.

Trotzdem brachte sie ein schwaches Lächeln zustande. „Ich glaube, ich wurde angeschossen."

Vorsichtig zog er sie hinter die Ruinen eines nahe gelegenen Gebäudes. Er hob sie auf einen Felsen und zog mit zitternden Händen ihre Bluse hoch.

„Scheiße."

Sie konnte nicht hinsehen. „Ist nicht schlimm. Wir müssen weiter."

Er zog sich sein Hemd über den Kopf, fasste den Stoff zu einem Bündel zusammen und drückte es an ihre Seite. „Die Kugel steckt in deiner Flanke."

Plötzlich ertönten Stimmen und Rufe, die aus der Richtung des Tempels kamen. Sie hörten das Trampeln von Schritten auf Stein.

„Drück das fest drauf." Er half ihr auf und legte einen Arm um sie. „Wir müssen hier weg."

Sie nickte, stählte sich und biss sich auf die Lippe, um nicht laut aufzuschreien. Dann humpelten sie, so schnell sie konnten, zurück zum Durchgang in der Außenmauer.

Als sie zwischen den Ruinen zweier Rundhäuser hindurchstolperten, bewegte sich vor ihnen etwas. Sie hielten inne. Eine Kreatur trat aus den Schatten hervor und sprang auf einen Steinblock.

Sydney schnappte nach Luft. Ein Jaguar.

Er war schlank und athletisch, das hellbraune Fell seines kräftigen Körpers war mit wunderschönen schwarzen Rosetten übersät. Das Tier starrte sie mit scheinbarer Arroganz an.

„Verdammt." Logan schob sie hinter sich. „Geh langsam zurück." Sie machten erst einige Schritte rückwärts, und dann zog Logan sie nach links, hinter eine Mauerruine und weiter über einen Weg entlang.

„Wir entfernen uns vom Eingang", flüsterte sie.

„Wir drehen eine Schleife hierher zurück."

Ein Schuss. Logan duckte sich und zog sie nach rechts, wobei der Schmerz in ihrer Seite explodierte. Sie kauerten hinter einer niedrigen Steinmauer. Sydney schnappte nach Luft, keuchte und versuchte, eine Welle von Schwindel zu bekämpfen. Der Schmerz wurde unerträglich.

So konnte sie nicht mehr länger weitermachen.

„Logan ..."

Er schüttelte den Kopf. „Wir müssen weiter."

Sie nahm einen tiefen Atemzug. „Ich glaube nicht, dass ich das kann."

Er drehte sich um und berührte ihre Wange. „Du kannst. Du wirst." Sein Ton war unnachgiebig.

„Ich werde es nicht weit schaffen ..."

„Das wirst du. Ich werde dich tragen, wenn es sein muss."

Er war so ein guter, starker und loyaler Mann. Sie hatte noch nie so jemanden getroffen. Bei ihm war das, was man sah, das, was man bekam. Er würde für sie da sein, egal was passierte. Logan legte seinen Arm um ihre Schultern und zog sie auf die Beine.

Sie waren gerade einmal zwei Schritte weit gekommen, als weitere Kugeln an ihnen vorbeizischten und an den Steinmauern abprallten.

„Geh weiter, Sydney. Ich schaue mal nach, wo diese Typen sich versteckt haben."

Er drehte sich um und lugte mit dem Kopf um die Steine herum. Sydney holte tief Luft und zog sich an der Mauer entlang, wobei ihre Seite bei jedem Schritt brannte.

Als sie an einem Durchgang vorbeiging, griffen Hände nach ihr und zerrten sie hinein.

DIE KUGELN SCHLUGEN in die alten Steine ein und Felssplitter flogen durch die Luft. Logan wich zurück. Verdammt, er wünschte wirklich, er hätte noch seine Waffe.

Er drehte sich wieder zu Sydney um, und sein Herz setzte einen Schlag aus. Sie war weg.

„Sydney!" Ein verzweifeltes Flüstern.

„Logan."

Er hörte ihre Stimme durch einen nahen Durchgang, huschte hindurch und sah, dass sie nicht allein war.

Drew Granger stand neben ihr.

Als er hörte, dass die Seidenstraßen-Söldner sich näherten, nickte er dem Mann zu. „Ich bin Logan. Wir müssen von hier verschwinden. Sie ist verletzt und diese Kerle sind darauf aus, uns zu töten."

Drew nickte. „Ich kenne einen Weg hinaus. Es gibt noch einen anderen Ausgang aus der Stadt."

Logan sah Blut auf dem Hemd des Mannes. „Bist du verletzt?"

Sydneys Bruder strich sich über die Seite. „Es ist nichts. Ich bin gestürzt und habe mich geschnitten."

Da sie keine andere Wahl hatten, folgten sie ihm. Logan legte wieder einen Arm um Sydney. Er trug so viel von ihrem Gewicht, wie er konnte, und folgte Drew, während dieser einen gewundenen Weg durch die Ruinen einschlug.

„Es gibt noch einen anderen schmalen Ausgang durch die Außenmauer." Drews Blick fiel auf Sydneys blutige Bluse. Ein besorgter Ausdruck huschte über sein jungenhaftes Gesicht. „Sydney, es tut mir leid ..."

„Nicht jetzt." Sie streckte die Hand aus und drückte die ihres Bruders.

Logan wusste, dass er sie von hier fortbringen musste. Er konnte an nichts anderes denken. Er musste ihre Wunde behandeln und sie in Sicherheit bringen.

Sie bogen um eine Ecke, und er sah den Lauf einer Pistole vor sich.

„Scheiße." Logan starrte Declan an. „Wo zum Teufel bist du so lange gewesen?"

„Ich habe für ein Steak und ein Bier eine kleine Pause eingelegt. Alles klar bei euch?" Dann sah er Sydneys Bluse und sein Blick wanderte zu Logan.

Der grimmige Ausdruck in den grauen Augen seines Freundes ließ Logans Magen sich zusammenziehen.

„Der Schatz", begann Drew.

„Scheiß auf den Schatz", stieß Logan hervor. „Das Leben deiner Schwester ist viel wichtiger."

Drew wurde blass und nickte.

„Drew, ich bin Declan. Wir sind hier, um dich aus den Händen der Seidenstraße zu befreien." Dec zog seine Zweitwaffe und reichte sie Logan. „Und jetzt lasst uns loslegen."

Hale und Morgan gingen voran und gaben ihnen Feuerschutz. Logan trug Sydney jetzt praktisch, während sie sich durch die Ruinen bewegten.

Dann tauchte ein Mann der Seidenstraße wie aus dem Nichts auf. Er hob seine Waffe, doch Morgan drehte sich herum, feuerte und schaltete ihn mit einem einzigen Schuss aus.

Von überall ertönten Rufe. Es kamen immer mehr.

„In Bewegung bleiben", rief Dec.

„Zu viele", entgegnete Morgan.

Jetzt sah Logan sie aus allen Richtungen auf sie zukommen. Sie hatten sich formiert. Er zählte mindestens acht von ihnen.

Gott, sie würden es nicht schaffen.

„Stehen bleiben!" Pieros Schrei hallte durch die Ruinen.

Logan blickte über seine Schulter und sah Piero mit einer Gruppe von Männern vorrücken. Morgan war immer noch auf einem Knie und feuerte.

„Logan."

Er hörte die Verzweiflung in Sydneys Stimme. Sie wusste, dass die Situation schlimm war.

„Lasst mich hier zurück. Ich halte euch nur auf."

Ein Muskel in seinem Kiefer zuckte. „Niemals."

Sie zerrte an seinem Hemd. „Logan, ich liebe dich."

175

„Sag mir das später."

„Sei nicht so stur. Vielleicht bleibt uns kein Später."

„Doch", knurrte er.

Das Team der Seidenstraße rückte näher.

Sydney kniff die Augen zusammen und Logan packte sie fester.

Ein hoher Schrei hallte um sie. Logans Kopf ruckte herum. Einer der Männer der Seidenstraße ging zu Boden und hielt sich die Hand auf die Brust.

Noch ein Schrei und ein weiterer Mann fiel, eine Hand an den Hals gepresst. Diesmal sah Logan einen kleinen Pfeil, der aus der Haut des Mannes ragte.

Sein Magen zog sich zusammen. *Was zur Hölle?*

SYDNEY LEHNTE sich schwer gegen Logan und kämpfte gegen den Schmerz an.

Ungläubig starrte sie auf die Gruppe von Kriegern, die sich hinter den Männern der Seidenstraße heranschlichen.

Sie trugen moderne Kleidung, hatten aber weiße Farbe auf den Wangen und Federschmuck in ihrem dunklen Haar. Bewaffnet waren sie mit Speeren und Keulen.

Weitere Seidenstraßen-Gangster fielen ihren Pfeilen zum Opfer.

Logan zog Sydney näher an sich heran und Drew kam zu ihnen. Declan und die anderen stellten sich vor sie und bildeten eine schützende Wand.

Sydney sagte Logan nicht, dass sie immer noch spürte, wie Blut aus ihrer Wunde floss.

Um sie herum wurde es immer stiller und leiser. Alle Mitglieder der Seidenstraße waren am Boden. Sie hatte keine Ahnung, ob sie bewusstlos oder tot waren.

Einer der Krieger trat vor. Er hatte ein markantes Gesicht und einen muskulösen Körper. Sein Blick glitt über sie und musterte sie aufmerksam, sein Gesichtsausdruck neutral. Er hatte dunkles Haar wie die meisten der Krieger, aber Sydney bemerkte, dass seine Augen ein helles Grün aufwiesen.

Hinter ihm bewegte sich etwas, und sie sah, wie der Jaguar sich näher heranpirschte und an den Beinen des Kriegers vorbeistreifte, bevor er stehen blieb und sich niederließ.

Der Krieger sprach zu ihnen in einer Sprache, die Sydney für einen lokalen Dialekt hielt. Sie sah zu Logan auf, und er zuckte mit den Schultern.

Drew zog ein kleines Handy aus seiner Tasche. Er tippte auf den Bildschirm und eine elektronische Stimme ertönte.

„Der Schatz meiner Vorfahren wird seit Jahrhunderten geschützt. Er ist nicht für die Gierigen bestimmt."

Drew schluckte und sprach langsam und deutlich. „Wir kommen, um zu studieren, um zu lernen, um euch zu helfen, ihn zu schützen." Die Übersetzung wurde im lokalen Dialekt wiedergegeben.

Der Krieger neigte den Kopf und musterte Drew. „Andere haben ihn vor euch begehrt. Andere vor euch haben gelogen, um zu bekommen, was sie wollten."

Sydney richtete sich auf. „Dann haltet ihn versteckt,

wenn das euer Wunsch ist. Wo er niemandem hilft." Ihre Worte wurden übersetzt. Sie hielt ihre blutige Hand hoch. „Ich habe für den Schutz eures Schatzes geblutet, und jetzt will ich nur noch nach Hause." Sie sah zu Logan auf, dann wieder zum Krieger. „Ihr könnt euren Schatz behalten. Ich habe etwas gefunden, das viel wertvoller ist als Gold und Silber."

„Und was ist das?", fragte der Krieger.

„Ich habe mich selbst gefunden und ich habe die Liebe gefunden."

Logans Hand legte sich fester um ihre. „Sydney, ich ... ich ..."

„Komm schon, Logan", sagte Dec. „So schwer ist das doch nicht."

„Was ist nur mit euch los?", murmelte Morgan. „Euer Timing ist immer so unglaublich mies."

„Lasst mich das allein machen", knurrte Logan sie alle an. „Sydney, ich bin auch dabei, mich in dich zu verlieben."

„Logan." Ihre Herz fühlte sich an, als würde es gleich platzen.

Dann gaben ihre Beine nach.

„Sydney!" Er hob sie in seine Arme.

Das Letzte, was sie spürte, war, dass er sie hinlegte.

„Ich brauche hier Hilfe", rief er.

Sie war sich vage bewusst, dass seine Worte durch Drews Handy übersetzt wurden und die Krieger nur stoisch zusahen.

Declan kniete sich neben sie, riss seinen Rucksack auf und holte den Erste-Hilfe-Kasten heraus. Er untersuchte ihre Wunde, runzelte die Stirn, und sie drückte

Logans Hand, um nicht aufzuschreien.

„Wir müssen die Kugel entfernen. Logan, sieh mal in der Tasche nach und gib ihr etwas gegen die Schmerzen."

Logan kramte in der Tasche, zog einen Druckinjektor heraus und presste ihn gegen ihren Arm. „Das wird helfen."

Ihr Bewusstsein schwand, und ihre Sicht verschwamm. Sie starrte zu Logans Gesicht hinauf und versuchte, gegen den Schmerz anzukämpfen, der sie wie Feuer durchströmte. „Logan."

„Ich bin hier, Syd. Halte durch. Hörst du mich?"

Aber die schwarzen Flecken vor ihren Augen wurden immer größer ... und dann war da nichts mehr.

NEIN. *Nein.* Logan umklammerte Sydneys schlaffe Hand. „Dec! Rette sie. Bitte."

Declan arbeitete fieberhaft, und Morgan kniete neben ihm, um ihm zu helfen. Er benutzte eine lange Pinzette und grub in der Wunde an Sydneys Seite.

Trotz der Schmerzmittel bäumte sie sich auch noch in ihrer Bewusstlosigkeit gegen die Schmerzen auf.

„Logan, halte sie fest."

Er drückte seine Hände auf ihre Schultern und spürte, wie sie sich gegen ihn wehrte. Jeder schmerzerfüllte Laut, den sie von sich gab, schnitt ihm ins Herz.

Es dauerte viel länger, als Logan wollte, aber schließlich zog Dec die Pinzette heraus. Zwischen den Greifern hing die Kugel.

Aber es war auch überall Blut.

„Druck", befahl Dec. „Wir müssen die Blutung stoppen."

Morgan zog ein Bündel Mull heraus und presste es auf Sydneys Wunde. Logan übernahm und hielt den Druck aufrecht. Dann blickte er zu den Kriegern auf, die immer noch um sie herum standen, die Waffen griffbereit. „Meine Frau ist verletzt. Sie braucht Hilfe. Euer Schatz ist mir egal. Nur sie zählt." Nur sie.

Der Anführer sah ihn einen Moment lang an, dann richtete sich sein Blick auf Sydney.

Declan lehnte sich zurück, seine Hände waren mit Sydneys Blut bedeckt. „Stabiler kann ich sie nicht machen." Er atmete tief aus. „Logan, ich weiß nicht, ob sie es schaffen wird. Sie hat viel Blut verloren und sie blutet immer noch. Es ist ein zweitägiger Marsch zurück in die Zivilisation, und sie braucht sofort medizinische Hilfe. Hier draußen wird es wahrscheinlich schnell zu einer Infektion kommen."

„Hast du auch irgendwelche gute Nachrichten für mich?", fragte Logan, dem innerlich mit einem Mal eiskalt wurde.

„Nein. Tut mir leid. Sie muss starke Schmerzen haben, und ich habe nicht genug Schmerzmittel für einen zweitägigen Marsch."

Nein. Das Wort hallte in Logans Kopf nach. Er umfasste ihr Gesicht mit seinen Händen. „Sie ist zäh." Sie musste es schaffen.

„Ihr Leben ist mehr wert als der Schatz?"

Die übersetzten Worte des Kriegers durchbrachen Logans Qualen. Er blickte auf. „Für mich ist ihr Leben alles wert."

Der Anführer starrte Logan an, als könnte er in ihn hineinschauen. Dann nickte er.

Die Menge der Krieger teilte sich, und eine junge Frau trat vor. Sie hatte die gleichen grünen Augen wie der Anführer und ihr dunkles Haar fiel ihr über den Rücken. Sie kniete sich neben Sydney und hob mit sanften Händen ihre Bluse an. Logan zog den Verband von der Schusswunde.

Die junge Frau betrachtete sie, und griffe in die kleine Tasche, die an ihrer Seite hing. Sie zog einen kleinen hölzernen Topf heraus und hob den Deckel an. Logan sah zu, wie sie eine Art würzige, nach zerriebenen Pflanzenteilen aussehende Paste herausschöpfte und sich über Sydney beugte.

Logan packte ihr Handgelenk. Hinter ihnen hoben die Krieger ihre Waffen.

„Unsere Schamanin wird helfen", erklärte der Anführer.

Logan brauchte einen Moment, dann ließ er das Handgelenk der Frau los.

Ruhig begann sie, die Paste auf Sydneys Seite zu reiben. Plötzlich bemerkte er, dass Sydney aufhörte, sich zu wehren, und ihr Körper sich entspannte. Als sie fertig war, zog die Frau eine kleine Flasche mit einer braunen Flüssigkeit aus ihrer Tasche. Sie bedeutete Logan, Sydneys Kopf anzuheben.

Er tat es, und die Frau träufelte etwas von der Flüssigkeit in Sydneys Mund. Eine Sekunde später saß Sydney keuchend und kerzengerade aufrecht.

„Logan?"

„Sydney. Beruhige dich. Du bist verletzt."

„Gott, brennt das in meiner Kehle. Es schmeckt furchtbar." Sie blinzelte und richtete ihren Blick auf die Frau, die neben ihr kniete.

„Sie hat eine Art Salbe auf deine Wunde gerieben und dir Medizin gegeben."

Sydneys Stirn legte sich in Falten. Dann blickte sie nach unten und hob ihre Bluse.

Logan sah sich ihre Wunde an und erstarrte. *Unmöglich.*

Er hörte seine Freunde aufschreien.

Vor seinen Augen sah er, wie Sydneys Wunde heilte, wie sich die Ränder ihres zerrissenen Fleisches Stück für Stück zusammenzogen.

Wie war das möglich? Logan schüttelte den Kopf. Er zog Sydney näher heran und sah zu dem Krieger auf.

Der Mann schenkte ihm ein rätselhaftes Lächeln. Die Schamanin tätschelte Sydneys Arm, erhob sich dann anmutig und stellte sich an die Seite des Anführers.

„Unser Schatz war nie das Gold oder das Silber", erklärte der Krieger, „sondern das Wissen um die Pflanzen unserer Heimat und ihre heilenden Kräfte." Ein anderer Mann trat vor und hielt etwas in seinen Händen. Er hob es hoch und Logan sah, dass es ein geknoteter Quipu war, den der Mann auf Logans Handflächen legte.

„Ich übergebe dieses Wissen in eure Obhut." Ein sanftes Lächeln. „Zusammen mit einem Großteil des Goldes und des Silbers aus unserem Schatz. Deine Frau hat recht. Es ist falsch, all das zu verstecken und geheim zu halten."

Logans Hand umschloss die verknotete Schnur fester. „Warum? Warum gibst du es mir?"

„Wenn ich dich und deine Frau ansehe, sehe ich die Seelen von Kriegern. Ehrlich. Tapfer. Wahrhaftig." Er nickte nur, als ob das Thema damit erledigt wäre.

Dann rief der Krieger etwas, das Drews Übersetzungsprogramm nicht übersetzen konnte, und alle zogen sich zurück.

„Wartet", rief Logan. „Was ist mit den anderen Männern?"

„Der Nebelwald wird sich um sie kümmern. Dafür werden wir Sorge tragen."

Sie hoben die bewusstlosen Mitglieder der Seidenstraße über ihre Schultern, dann verschwanden die Nachkommen der Wolkenkrieger lautlos zwischen den Ruinen.

Sydney regte sich. „Wilder Mann? Ich würde mich freuen, wenn du mich jetzt nach Hause bringst."

Er drückte ihr einen Kuss auf die Stirn. „Ist mir ein Vergnügen, Syd."

MORGAN HATTE BESCHLOSSEN, dass sie den Nebelwald sehr mochte – sogar mit den Jaguaren und den Schwarzmarktsöldnern darin.

Sie schob einige Lianen zur Seite, folgte den anderen und schaute auf ihre Uhr. Bald sollten sie die Laguna de los Condores erreichen. Sie war immer noch high von dem vielen Adrenalin, die Energie pulsierte nur so in ihr. So war es nach jeder Mission, bei der sie den Schatz gefunden und die Bösewichte besiegt hatten. Das beste Gefühl der Welt.

Es würde einige Zeit dauern, bis sie verarbeitet hatten, dass sie nicht nur den alten Schatz der Wolken-krieger gefunden hatten, sondern auch ein Wundermit-tel. Morgan konnte immer noch nicht glauben, dass Sydneys Wunde vor ihren Augen verheilt war.

Sie hatten sie erst vor ein paar Meilen erneut unter-sucht. Die Haut war noch ein wenig rosa, aber ansonsten perfekt zugeheilt. Unglaublich.

Vor sich sah sie, wie Logan eine müde und protestie-rende Sydney in seine Arme schloss. Nach einem kurzen Wortwechsel, den Morgan nicht ganz verstehen konnte, legte Sydney schließlich ihren Kopf an Logans breite Schulter.

Gott, die Gesichter der beiden. Morgan schüttelte den Kopf. Sie konnte nicht glauben, dass Dec, Cal und nun auch Logan in weniger als einem Jahr alle felsigen Klippen umschifft und die wahre Liebe gefunden hatten. Logan – der wilde, mürrische Logan – hatte jetzt richtige Herzchen in den Augen.

Vielleicht geschahen tatsächlich noch Wunder.

Nein, Morgan hatte nicht vor, diesen Weg selbst einzuschlagen. Sie hatte schon oft versucht, ihre eigene Natur zu unterdrücken, um einen anständigen Kerl zu finden.

Damit war sie fertig. Sie hatte ihre Arbeit, ihre Freunde und ihren treuen Vibrator. Das war genug für sie.

„Mann, jetzt brauche ich eine Pizza."

Morgan warf einen Blick auf Hale und schnaubte.

„Ich rufe an und bestelle eine. Aber du zahlst das Trinkgeld."

Er verzog das Gesicht in ihrer Richtung, dann wanderte sein Blick zu Logan. „Nie im Leben hätte ich darauf gewettet, dass ausgerechnet unser Großer der Nächste ist."

„Und du? Bist du jetzt der nächste auf der Liste?"

Ein entsetzter Blick huschte über Hales attraktives Gesicht. „Was? Nein. Es gibt zu viele tolle Frauen da draußen. Ich denke, ich tue ihnen einen Gefallen und lasse sie alle ran."

Morgan schnaubte. „Ich glaube mich zu erinnern, dass Callum einmal so etwas Ähnliches gesagt hat, und sieh ihn dir jetzt an."

„Vielleicht bist ja *du* die Nächste, Kincaid."

Diesmal schnaubte sie unhöflich.

Hale lachte. „Genau. Er müsste ein sehr mutiger Mann sein."

Als Hale schneller marschierte, um Declan einzuholen, bemerkte Morgan den stechenden Schmerz in ihrer Brust. *Vergiss es.* Sie wandte ihre Gedanken bewusst der Seidenstraße zu.

Diese Mistkerle wurden wirklich zu einem ernsten Problem, und es musste endlich etwas unternommen werden. Sie war sich nur nicht sicher, was. Wie bekämpfte man Leute, die wie Schatten waren?

„Komm schon, Kincaid", rief Dec von vorn. „Schließ zu uns auf."

Morgan vergrößerte ihre Schritte und verdrängte die verworrenen Liebesgedanken aus ihrem Kopf.

LOGAN LEHNTE sich auf seiner großen Ledercouch zurück, nahm die Fernbedienung in die Hand und schaltete den Fernseher ein.

Die Couch senkte sich noch etwas mehr, als Sydney sich neben ihn setzte und zwei Gläser und einen Teller mit Essen auf seinen Couchtisch stellte. Sie sah in ihrer Hose und der Seidenbluse elegant und gepflegt aus.

Im Fernsehen liefen die Nachrichten. „Heute hat der anonyme Entdecker des Anden-Wundermittels das Rezept der Öffentlichkeit zugänglich gemacht. Klinische Studien befinden sich erst in der Anfangsphase, und das volle Ausmaß der heilenden Wirkung der Tinktur ist noch nicht bekannt. Aber das Potenzial scheint grenzenlos zu sein."

Sydney lehnte ihren Kopf an seine Schulter. „Logan O'Connor. Held."

Er sah sie finster an. „Halt die Klappe."

Sie nahm das hohe Glas vom Tisch, von dem sie wollte, dass er künftig sein Bier daraus trank, und reichte es ihm. Dann griff sie nach ihrem Weinglas, nahm einen Schluck und gab ein genussvolle Geräusch von sich. Das Blut schoss in seinen Schwanz. Verdammt, das war genau das gleiche Geräusch, das sie machte, wenn er in sie hineinstieß.

Und er versuchte, so viel Zeit wie möglich mit dieser Aktivität zu verbringen. Die erschütternden Momente in den Wäldern der Anden, in denen er geglaubt hatte, sie zu verlieren, verfolgten ihn noch immer. Er musste sich täglich selbst beweisen, dass sie lebte und jetzt zu ihm gehörte.

„Ich habe mit Drew gesprochen."

Ihre Worte zerstreuten die Fantasien, die sich gerade in seinem Kopf aufbauten. „Wie geht es ihm?"

Sie lächelte. „Der neue CEO von Granger Industries ist so glücklich wie eine Made im Speck. Ich kann nicht glauben, dass das die ganze Zeit über sein Traumjob gewesen war. Ich habe mich durch die Arbeit gequält, während er insgeheim nichts mehr wollte, als die Firma zu leiten."

Wenigstens hielt sich der Kerl dadurch von Ärger fern.

„Außerdem organisiert er in Zusammenarbeit mit der peruanischen Regierung im Laufe des Jahres eine Sonderausstellung mit Artefakten der Wolkenkrieger im Smithsonian."

„Gut." Logan dachte, dass der Krieger, der ihm das Vertrauen entgegengebracht hatte, den Schatz seines Volkes sicher zu verwahren, damit glücklich wäre. „Ich liebe dich." Er drückte ihr einen Kuss aufs Haar und zog es aus dem schick gebundenen Zopf. Er hatte vor, sie ein wenig ins Schwitzen zu bringen.

Sie lächelte zu ihm hoch. „Logan, dieses Mal hast du nicht einmal gezögert. Oder dieses Zucken unter deinen Augen gehabt ..."

Er versenkte seine Hände in ihrem Haar und zog sie an sich. „Halt die Klappe. Ich liebe dich wirklich." So sehr, dass es manchmal wehtat. „Und was willst du mir sagen?"

Ihr Lächeln wurde breiter. „Ich habe dir Nachos gemacht."

Er sah sie finster an. „Das habe ich nicht gemeint."

Sie setzte sich auf, griff nach dem Teller und hielt ihn vor seine Nase. „Nein? Wie wäre es damit, dass ich meinen neuen Job bei Treasure Hunter Security liebe?"

Sie hatte den Geschäfts- und Investitionsbereich von THS übernommen. Darcy war begeistert ... sie hatte sich noch nie gern mit diesen Dingen beschäftigt, sondern zog es vor, an ihren Computern zu arbeiten. Sydney hingegen fand es toll.

Logan kniff sie. „Sag mir, was ich hören will, Frau."

Sie beugte sich hinunter und knabberte mit ihren Zähnen an seiner Unterlippe. „Wie wäre es, wenn ich dir sage, dass ich jeden Tag dankbar bin, dass ich Treasure Hunter Security angeheuert habe und mit einem wilden, sturen Alphamännchen an meiner Seite in einem verrückten Abenteuer in den Nebelwäldern der Anden gelandet bin?"

„Besser." Er zerrte sanft an ihren Haaren. „Aber das ist nicht das, was ich hören wollte."

„Hey", neckte sie. „Pass auf die Nachos auf."

Er schaute auf den Teller hinunter und verengte dann die Augen. „Hast du etwa Camembert auf meine Nachos getan?"

„Ich benutze nicht das Zeug aus der Tube, Logan. Das ist kein echter Käse. Koste mal den hier, er wird dir schmecken."

Mit einem Knurren schnappte er sich den Teller aus ihrer Hand und stellte ihn zurück auf den Tisch. Dann zog er sie auf sich und lehnte sich zurück auf die Couch.

Seine Hände schoben sich unter ihre Bluse. „Sag es mir."

Sie schmiegte sich an ihn. „Ich liebe dich, Logan. Alles an dir. Jeden Zentimeter von dir."

Verdammt. Da war es. Er wurde nie müde, sie das sagen zu hören. Dann zog er sie für einen Kuss näher an sich heran. „Und ich liebe dich, Sydney Granger. Alles an dir. Jeden schönen, sexy Zentimeter."

Ich hoffe, dir hat die Geschichte von Sydney und Logan gefallen!

Die Serie rund um das Team von Treasure Hunter Security geht mit Verlorenes Wrack weiter - kommt bald. In diesem Band lernst du Morgan Kincaid und Dr. Zach James. **Lies weiter und erhalte einen Vorgeschmack auf das erste Kapitel.**

Verpasse nichts! Für Informationen über

Neuerscheinungen, kostenlose Bücher und andere Geschenke, melde dich für meine VIP-Mailingliste an und erhalte deine kostenlose Bücherbox, bestehend aus drei englischen Liebesromanen, in denen es auch an Action nicht fehlt.

Hier klicken und anmelden: www.annahackett.com

Would you like a FREE BOX SET of my books?

VORGESCHMACK: VERLORENES WRACK

Sie hasste es, hohe Absätze zu tragen.

Morgan Kincaid blickte finster auf diese sie verhöhnenden Schuhe. Sie trug außerdem ein enges, kurzes Cocktailkleid in einem leuchtenden Aquamarinton. Auffällig und gewagt. Genau wie sie es beabsichtigt hatte. Außerdem hatte sie viel mehr Make-up als sonst aufgelegt – was sie ebenfalls hasste. Dennoch hatte sie ihre Augen mit rauchigem Schwarz akzentuiert und ihre Lippen rot geschminkt.

Das Kleid selbst störte sie nicht sonderlich, nur dass sie ihre SIG Sauer nirgends darunter unterbringen konnte. Sie rümpfte die Nase. Denn sie hasste es, ihre Handfeuerwaffe zurückzulassen.

Während ihre Absätze auf dem Weg zum Museumseingang klackten, war sie froh, dass sie wenigstens das kleinste Messer aus ihrer Sammlung an ihren Oberschenkel hatte schnallen können. Nicht, dass sie für diesen Job eine Waffe brauchen würde.

Morgan blickte hoch und studierte die Westfassade des Denver Museum of Nature and Science. Ihr gefiel die extravagante Glaswand. Das moderne Ambiente stand im starken Kontrast zu den außergewöhnlichen Ausstellungen im Inneren. Das Museum beherbergte alles – von historischen Exponaten über Dinosaurierfossilien bis hin zu einem Planetarium.

Sie hielt inne und drehte sich um, um die Aussicht zu genießen. Das Museum lag am Rande des Stadtparks mit Blick auf die Skyline der Stadt und die noch beeindruckenderen Umrisse der Rocky Mountains dahinter. Die ganze Szene wurde von der untergehenden Sonne beleuchtet.

„Morgan, komm endlich auf die Party."

Die tiefe männliche Stimme von Declan Ward klang durch den winzigen Lautsprecher in ihrem linken Ohr. Dec war ihr Boss bei Treasure Hunter Security. Nach einer Karriere in der Navy hatte Morgan diese verlassen, als man sie nicht in die SEAL-Teams aufnehmen hatte wollen. Nach ein paar Monaten, in denen sie nicht wusste, was sie mit ihrem Leben anfangen sollte, hatte es an ihrer Tür geklopft und Dec war davor gestanden.

Der ehemalige Navy SEAL und sein Bruder Callum hatten ihr einen Job angeboten, den sie nicht ablehnen konnte. Zusammen mit ihrer Schwester Darcy, einem Computergenie, hatten die Geschwister Ward ein Sicherheitsunternehmen gegründet, das μarchäologische Ausgrabungen, Expeditionen und hochkarätige oder wertvolle Museumsexponate rund um den Globus beschützte.

Morgan lebte gern in Denver und arbeitete gern bei THS.

Sie berührte diskret ihr Ohr und fummelte an ihrem glitzernden, baumelnden Ohrring herum. „Ich bin gleich da."

„Denk daran, dass wir beauftragt wurden, die Sicherheit des Mughal-Smaragd-Medaillons zu testen. Nähere dich dem Smaragd und prüfe die Sicherheitsvorkehrungen. Du weißt, was zu tun ist."

Ja, das wusste sie. „Ich bin schon unterwegs."

„Und halt Ausschau nach Cooper", fügte Dec noch hinzu. „Er ist schon irgendwo da drinnen."

Morgan unterdrückte ein Schnauben. Man sah Ronin Cooper nur, wenn er wollte, dass man ihn sah. Als ehemaliger SEAL und CIA-Agent war der Mann ein Experte darin, sich unsichtbar zu machen – sei es in den Schatten oder sogar direkt vor aller Augen.

Sie strich mit einer Hand über ihr schwarzes Haar. Damit es ihr bei Einsätzen nicht hinderlich war, trug sie es kurz geschnitten. Zielstrebig ging sie weiter in Richtung Eingang und zu der kurzen Schlange von Leuten, die darauf warteten, eingelassen zu werden. Als sie den Wachmann an der Tür erreichte, lächelte sie und ließ ihren Charme spielen. Sie sah, wie Interesse in den Augen des Mannes aufblitzte und sein Blick nach unten wanderte, wo er länger auf ihren Beinen verweilte. *Männer.* Sie waren so berechenbar.

Aus ihrer kleinen Handtasche zog sie die Hochglanzeinladung für die Sonderausstellung dieses Abends. Er prüfte sie, betrachtete noch einmal ihre Beine und winkte sie dann durch.

Morgan betrat das Herzstück der Party. Der Westflügel des Museums verfügte über mehrere Etagen, die für private Veranstaltungen gemietet werden konnten. Diese Etage war jetzt voll von elegant gekleideten Menschen, die durch die verschiedenen Ausstellungsbereiche schlenderten, welche dort aufgebaut worden waren. In jedem Bereich wurden die neuesten Errungenschaften des Museums präsentiert.

Zusammen ergaben sie eine beeindruckende Sammlung unbezahlbarer Juwelen der indischen Mogulherrscher.

Sie gab ihren Mantel an der Garderobe ab und schlenderte dann durch die Menge. Leise Gespräche, verhaltenes Lachen und das Klirren von Champagnerflöten vermischten sich in ihren Ohren. Draußen war die Sonne inzwischen ganz untergegangen, und die Stadt breitete sich unter ihnen in einem funkelnden Lichtermeer aus.

Morgan umrundete den Ausstellungsraum und merkte sich alle Ausgänge, die Treppe zur nächsten Etage und die Eingänge zur Küche und zum Hauptbereich des Museums. Das war ihr zur zweiten Natur geworden. Sie hatte beim Geheimdienst der Navy gearbeitet, bevor sie alle Tests bestanden hatte, um den SEAL-Teams beizutreten. Sie hatte sich so sehr gewünscht, bei den Special Forces aufgenommen zu werden und in die Fußstapfen ihres Vaters zu treten.

Der Gedanke an ihren Dad tat weh. Gott, es verging kein Tag, an dem sie den alten Kerl nicht vermisste. Aus dem einfachen Grund, dass ihr zwischen den Beinen eine gewisse *Ausstattung* fehlte, waren ihre Träume, ein SEAL zu werden, zerplatzt. Mack Kincaid hätte lautstark und stolz für seine Tochter protestiert.

Morgan kämpfte gegen ihre innere Verbitterung an und entspannte ihre Schultern. Sie leistete bei THS gute Arbeit, und sie liebte es. Sie hoffte, ihr Dad würde stolz auf sie sein.

Nun durchquerte sie die gesamte Party noch einmal, diesmal mit besonderem Augenmerk auf die ausgestellten Artefakte. Die Juwelen waren atemberaubend. Da war ein riesiger Saphir, der mit Gold und anderen kleinen Edelsteinen eingefasst war. Eine kleine Schatulle, die ganz aus geschliffenen Smaragden bestand. Ein großer, herzförmiger Diamantanhänger.

Gott, Declans Verlobte Layne würde bei diesem ganzen Zeug hier regelrecht verrückt werden. Die Archäologin brannte für ihre Arbeit. Auch Morgan interessierte sich für Archäologie und glaubte daran, dass sie es verdiente, geschützt zu werden, obwohl einige der Artefakte, bei deren Freilegung und Bergung THS geholfen hatte, einfach nur alt und hässlich waren.

Morgan drehte den Kopf und sah Dec. Sie achtete darauf, ihren Blick nicht auf ihm verweilen zu lassen – obwohl der Mann in seinem gut sitzenden Anzug durchaus einen zweiten Blick verdient hätte. Sie war es gewohnt, ihn in Cargohosen und T-Shirts zu sehen. In einem Anzug sah er wirklich ausgesprochen gut aus. Layne würde wahrscheinlich durchdrehen, wenn sie ihn jetzt sehen könnte. Die beiden konnten ihre Hände einfach nicht voneinander lassen.

Morgan seufzte. Sie hatte Declan nass, schlammig, verschwitzt und ein- oder zweimal nackt gesehen. Obwohl sie sein schroffes Aussehen als attraktiv empfand, fühlte sie sich nicht zu ihm hingezogen. Er war wie ein Bruder für sie. Das waren alle ihre Kollegen: von Declans charmantem Bruder Cal bis hin zum großen, harten Logan.

Es war wohl ihr ganz eigenes Schicksal, dass sie mit einigen erstklassigen Exemplaren der männlichen Spezies zusammenarbeitete und bei keinem von ihnen auch nur den kleinsten Funken verspürte. Sie runzelte die Stirn. An den meisten Tagen fragte sie sich, ob sie jemals den Richtigen finden würde. Sie war die ungekrönte Königin der ersten Dates. Sie konnte nämlich auf eine lange Reihe von ersten Dates zurückblicken, aber nur selten war es zu einem zweiten gekommen. Sie konnte einfach keinen Mann finden, der sie zum Schwärmen brachte und gleichzeitig mit ihr mithalten konnte. Die meisten Männer liefen schleunigst davon, sobald sie ihre Pistolen- oder Messersammlung zu Gesicht bekamen.

Sie hielt inne und entdeckte einen Mann, der sie interessiert musterte. Er starrte unvermittelt auf ihre Beine. Sie verdrehte innerlich die Augen. Wer brauchte schon so einen Kerl? Sie waren alle so langweilig und vorhersehbar.

„Ein Drink, Miss?" Ein Kellner hielt neben ihr inne und bot ihr ein Glas Champagner an.

Morgan wollte schon ablehnen, als sie einen genaueren Blick auf das Gesicht des Kellners warf. Es dauerte eine Sekunde, bis sie erkannte, dass es Cooper war. Sie nahm das Glas mit einem Lächeln entgegen, weil sie wusste, dass es keinen Champagner enthielt. Krampfhaft überlegte sie, was er getan hatte, damit er so anders aussah. Hatte er sich vielleicht die Wangen von innen aufgepolstert? Etwas mit seinem Kinn gemacht?

„Danke." Sie nahm einen Schluck. Einfaches Sprudelwasser.

Cooper zog einen Lappen hervor und begann, einen Tisch neben ihnen abzuwischen. Er lehnte sich dabei dichter an sie heran. „Zeig nur weiter dieses Lächeln und diese Beine. Jeder Mann in diesem Raum beobachtet dich."

„Das tun sie doch immer", erklang Decs trockene Stimme durch ihren In-Ear.

Morgan seufzte. Sie brezelte sich nicht sehr oft auf, aber wenn sie es tat, wusste sie, dass sie sich ziemlich attraktiv war. „Erzähl mir mehr über dieses Smaragd-Medaillon."

„Die indischen Mogulherrscher waren für ihre Edelsteinsammlungen bekannt. Vor allem für ihre geschliffenen Smaragde. Das Smaragd-Medaillon ist sechseckig geschliffen, hat knapp einhundertfünfzig Karat und ist mit Lotus- und Mohnblüten verziert."

Morgan nahm noch einen Schluck von ihrem

Getränk und ihr Blick fiel auf das größte Podest im vorderen Teil des Raumes. Das Smaragd-Medaillon war eindeutig der Star der Ausstellung.

„Wir wurden von Dr. Zachariah James angeheuert", fuhr Dec fort. „Er ist ein bekannter Archäologe und hat sich einen Namen gemacht, weil er sehr seltene Artefakte gefunden hat, die als für immer verschollen galten."

Morgan hob ihr Glas, um damit beim Sprechen ihre Lippen zu verdecken. „Ein echter Indiana Jones."

„Mein Dad spricht sehr gut über ihn", ergänzte Dec.

Sofort stellte sie sich Zachariah James als einen älteren, klischeeartigen Professor mit grauem Haar vor. Decs Dad mochte zwar ein graumelierter Hingucker sein – durchtrainiert und umwerfend attraktiv –, aber Morgan wusste genau, dass die meisten Historiker und Archäologen nicht gerade wie Dr. Oliver Ward aussahen.

„Der Smaragd ist direkt vor dir ausgestellt", fuhr Dec fort. „Er liegt auf einem offenen Podest. Keine sichtbaren Abdeckungen."

Riskant. Sie schlenderte in die entsprechende Richtung und entdeckte sofort das grüne Funkeln im Licht. Als sie an zwei jüngeren Männern vorbeiging, die sie mit offenen Mündern anstarrten, schenkte sie ihnen ein kokettes Lächeln.

Dann erreichte sie den Smaragd.

„Wow." Während sie das Podest umrundete, brauchte sie ihr Erstaunen nicht zu spielen. Das Juwel war einfach verdammt beeindruckend. Der große Smaragd war mit exquisiten eingravierten Blumen verziert und von kleinen Diamanten umringt. Er würde perfekt in ihre Handfläche passen.

Sie beugte sich nach vorn, doch sie betrachtete längst nicht mehr den Smaragd. Jetzt suchte sie nach einem Anzeichen für das Sicherheitssystem – einen Alarm oder Drucksensoren. Nichts war zu erkennen.

„Einhundertzweiundvierzig Karat. Ein aufwendiges Blumenmuster, das jenen des Taj Mahal entspricht. Er ist eine Schönheit."

Die tiefe Stimme, in der ein Hauch von Jungenhaftigkeit mitschwang, ließ sie aufblicken.

Auf der anderen Seite des Podests mit dem Smaragd traf ihr Blick auf den eines Mannes. Etwas in Morgan wurde ganz still.

Sie schätzte ihn in einer Sekunde ein. Etwas größer als einen Meter achtzig, breite Schultern, die sein weißes Hemd ausfüllten, fit und schlank, mit gebräunter Haut, die darauf schließen ließ, dass er sich gern im Freien aufhielt, und das markante, gut aussehende Gesicht eines gefallenen Engels. Er hatte dunkles Haar, welches mit braunen und goldenen Strähnen durchzogen war und so aussah, als ob es nie einen Haarschnitt nötig hätte, und grüne Augen, die denselben Farbton hatten wie der Smaragd vor ihnen.

Morgan fand endlich ihre Stimme wieder. „Er ist wunderschön." *Ein bisschen wie du.*

Er lächelte. „Ich habe eine Schwäche für schöne Dinge."

Sie kämpfte gegen den Drang an, zu blinzeln. Verdammt, das Lächeln des Mannes war wie eine Waffe. Er hatte gerade, weiße Zähne, schöne Lippen und sogar Grübchen. Morgan hatte eine Schwäche für Grübchen.

Reiß dich zusammen, Morgan. Sie zog eine Augenbraue hoch und lächelte. „Funktioniert dieser Spruch normalerweise für Sie?"

Er zuckte mit den Schultern. „Ich hatte schon mehr Erfolg damit, als Sie annehmen würden." Er streckte eine Hand aus und deutete auf die gesamte Etage. „Ich arbeite hier. Ich habe diese Ausstellung mitgestaltet."

Morgan zwang sich, sich wieder auf ihre eigene Arbeit zu konzentrieren und nicht auf den Charme und das gute Aussehen dieses Mannes. „Oh? Na dann, herzlichen Glückwunsch. Es ist eine tolle Party. Fast wäre ich nicht gekommen."

Er umrundete das Podest. „Warum?"

Sie zuckte mit den Schultern. „Mein Ex hatte die Karten besorgt, und, na ja ..." Sie winkte mit der Hand ab und fiel dann lässig in ihre Rolle. „Es folgte eine chaotische Trennung. Ich bin sicher, Sie wollen nicht alle hässlichen Einzelheiten darüber hören." Sie lächelte. „Aber ich habe die Karten für diese Ausstellung bekommen."

Ein weiteres sexy Lächeln. „Ihr Ex muss ein Idiot sein."

„Das ist etwas, dem wir beide zustimmen können." Sie hob ihr Glas und nahm einen Schluck. Ihr Blick fiel wieder auf den Smaragd. „Erzählen Sie mir mehr über dieses fabelhafte Schmuckstück."

„Er wurde vom Mogulhof in Auftrag gegeben, möglicherweise während der Herrschaft von Schah Dschahan. Das war etwa Mitte des 16. Jahrhunderts. Irgendwann danach gelangte er in die Hände eines Beamten der British East India Company."

Morgan legte den Kopf schief. „British East India Company. Davon habe ich schon gehört."

Der Mann nickte. „Die East India Company kontrollierte mit ihrer Flotte von Schiffen und großen Privatarmeen weite Teile Indiens und einen Großteil des Handels mit Baumwolle, Seide, Salz, Tee und Opium. Die Beamten der Company ergaunerten sich ausgedehnte Ländereien und bedienten sich an einem Großteil der Schätze Indiens. Sie legten dadurch den Grundstein für die spätere Übernahme der Herrschaft von Indien durch die britische Krone."

Er strahlte richtig, während er ihr diese Geschichtsdaten erzählte. „Faszinierend. Und wie ist dieser Smaragd dann hier gelandet?"

„Er wurde als Teil einer Fracht auf dem Rückweg nach England auf einem Schiff namens *Verelst* transportiert. Das Schiff sank vor der Küste von Mauritius." Wieder dieses Lächeln. „Mein Team und ich sind letztes Jahr zum Wrack getaucht, und eines der Artefakte, die wir geborgen haben, war dieses ganz unglaubliche Schmuckstück."

„Sie tauchen nach Schiffswracks?"

Er nickte. „Unterwasserarchäologie ist eines meiner Interessensgebiete." Plötzlich wanderte sein Blick über ihre Schulter, und er versteifte sich. „Merken Sie sich, wo wir gerade waren, und entschuldigen Sie mich bitte für einen Moment."

„Sicher."

Morgan tat so, als ob sie sich die Haare ordnete, und blickte in die Richtung, in die ihr privater Dozent vorhin geschaut hatte. Er war jetzt in ein leises Gespräch mit einem Wachmann vertieft, aber sein Blick war auf einen Mann gerichtet, der an der Wand lehnte.

Er hatte Declan entdeckt.

Hm. Wer auch immer dieser Typ war, er wusste also, dass THS beauftragt worden war, die Sicherheitsvorkehrungen hier vor Ort zu testen.

Nachdem sich der Wachmann in Decs Richtung entfernt hatte, kam der Mann zu ihr zurück und lächelte sie an. „Tut mir leid."

Gott, dieses Megawattlächeln brachte ihr Höschen zum Schmelzen. Der Mann hatte es definitiv zu einer hohen Kunst perfektioniert. „Kein Problem. Ich weiß ja jetzt, dass Sie irgendwie im Dienst sind." Sie wandte sich wieder dem Smaragd zu. „Also, ist dieses Prachtstück hier denn sicher? Ich kann nicht glauben, dass Sie einen so einzigartigen Smaragd einfach so offen präsentieren."

Sein Gesichtsausdruck wurde ein wenig ernst. „Wir verfügen über modernste Sicherheitsvorkehrungen."

„Wirklich?" Morgan machte eine große Show daraus, indem sie die Seiten des Podests betrachtete.

Er lachte, und war auch sein Lachen unverschämt sexy. „Sie können nichts sehen. Wir haben ein spezielles Sensorsystem, das die Körperwärme registriert, wenn man sich zu lange in der Nähe des Smaragds aufhält, und dann einen Alarm auslöst. Und zusätzlich noch ein Back-up."

Sie neigte den Kopf und sah ihn an. „Ein Back-up?"

„Wenn jemand das erste Sicherheitssystem überwinden sollte, gibt es noch das Back-up. Es ist auf das genaue Gewicht des Smaragds geeicht. Wenn er vom Podest gehoben wird, triggert das einen Alarm."

„Das ist ja beeindruckend."

„Danke. Möchten Sie noch einen Drink?" Er zeigte auf ihr leeres Glas.

Sie schenkte ihm ein Lächeln und beobachtete, wie seine Augen auf ihren Lippen verweilten. „Ja, gern." Sie reichte ihm ihr leeres Glas, und ihre Finger berührten sich. Sein Blick wanderte hinauf zu ihren Augen und blieb dort haften. Morgan spürte ein leichtes, elektrisierendes Kribbeln über ihre Arme laufen und blinzelte.

„Wie heißen Sie?", fragte er aus heiterem Himmel.

„Ich genieße das zwischen uns gerade so sehr, dass ich Ihnen meinen Namen noch nicht nennen will, um den Zauber nicht zu brechen", erwiderte sie halb im Scherz.

Sein Lächeln war wieder da. „Okay, Miss Geheimnisvoll. Warten Sie hier, und wenn ich zurück bin, werde ich Sie schon noch dazu bringen, ihn mir zu verraten."

Dann war er auch schon verschwunden und ging mit lässigem Schritt durch die Menge, so dass mehr als eine Frau in seine Richtung schaute.

Konzentriere dich, Morgan. Sie nahm einen ihrer Ohrringe ab und löste den winzigen Sensor, der daran befestigt war. Sie trat näher an das Podest heran und drückte den mit freiem Auge kaum erkennbaren, durchsichtigen Klebepunkt vorsichtig gegen den Smaragd. „Dec?"

„Verstanden. Ich schalte Darcy frei."

„Ich bin hier", ertönte Darcys melodiöse Stimme. Die jüngere Schwester von Dec saß nur einige Kilometer entfernt in einem umgebauten Lagerhaus, in dem die Büros von Treasure Hunter Security untergebracht waren. Morgan konnte sich bildlich vorstellen, wie sie vor ihrer Wand aus Monitoren saß.

„Ich zapfe jetzt das Sicherheitssystem an", erklärte Darcy.

„Ich muss wissen, wie viel dieser Smaragd wiegt", murmelte Morgan.

„Berechnung läuft", sagte Darcy.

Morgan schaute sich in der Menge nach dem blondbraunen Haarschopf um. Sie entdeckte ihn drüben an der Bar. Er war einen Kopf größer als die meisten anderen Leute im Raum. Der Barkeeper reichte ihm gerade zwei volle Gläser. „Beeil dich."

„Fünfundfünfzig Gramm. Und der Wärmesensor ist in drei, zwei, eins … deaktiviert."

Cooper ging an Morgan vorbei und überreichte ihr eine Serviette, auf der ein paar Hors d'œuvres lagen. „Fünfundfünfzig Gramm", wiederholte er leise.

Okay, und jetzt der Wechsel. Morgan trat näher an den Smaragd heran und sah dabei aus, als würde sie die winzigen Gravuren auf dem Edelstein studieren. Ihr Herz schlug hart und schnell, aber sie atmete gleichmäßig.

Sie hielt ihre linke Hand über den Smaragd und hob mit der anderen die Hors d'œuvres in die Höhe.

Es war alles eine Frage des Timings. Und Morgan hatte ein ausgezeichnetes Timing.

Mit einer schnellen Bewegung hob sie den Smaragd an, während sie gleichzeitig die Serviette mit den Häppchen an seinen Platz legte.

Adrenalin schoss durch ihren Körper, aber sie hatte jahrelang Übung darin, es zu kontrollieren. Sie trat einen

Schritt zurück und ihre Finger schlossen sich um den Smaragd. Er fühlte sich kühl in ihrer Handfläche an.

Kein Alarm ertönte, und niemand kam schreiend und rufend auf sie zugestürzt. Schnell drehte sie sich um, wickelte den Smaragd in ein kleines Tuch, das sie mitgebracht hatte, und schob den unbezahlbaren Edelstein in den Ausschnitt ihres Kleides.

Dann schlenderte sie zum Fenster hinüber und betrachtete die Party durch die Spiegelung der Glasscheibe.

„Raffiniert." Die amüsierte Stimme von Dec.

Morgan verbarg ein Lächeln.

„Da sind Sie ja." Mr. Megawattlächeln war zurückgekehrt. Er reichte ihr eine frische Champagnerflöte. „Jetzt muss ich nur noch Ihren Namen herausfinden."

Nach getaner Arbeit beschloss Morgan, dass sie sich einen richtigen Drink verdient hatte. Sie nahm einen großen Schluck, und der Champagner prickelte auf ihrer Zunge. Igitt, sie hätte viel lieber ein Bier gehabt. „Sie zuerst."

„Dr. Zachariah James."

Morgan verschluckte sich an ihrem Champagner.

Dr. James trat näher und klopfte ihr mit einer Hand auf den Rücken. Seine warme Handfläche traf auf die nackte Haut zwischen ihren Schulterblättern. „Hey, immer mit der Ruhe. Hat es die falsche Abzweigung genommen?"

Sie war sofort von dem Gefühl seiner Hand abgelenkt. Haut an Haut. Wieder spürte sie diese beunruhigende Elektrizität an der Stelle, wo sie sich berührten. „Es geht mir gut, Dr. James."

„Bitte, nennen Sie mich Zach." Aus der Nähe sah sie einen goldenen Schimmer im Grün seiner Augen. „Dr. James klingt so spießig, und Zachariah ist ein echter Zungenbrecher."

Er richtete sich wieder auf und sein Blick wanderte über ihre Schulter. Dann verschwand jede Verspieltheit aus seinem Blick und sein Körper versteifte sich. Es ging so schnell, dass sie es kaum glauben konnte.

Sie drehte sich um und folgte seinem Blick. Er starrte auf das Podest ... und auf die Serviette mit den Hors d'œuvres, die darauf lag.

Dr. James' Hände ballten sich zu Fäusten an den Seiten seines erstarrten Körpers. „Verdammt noch mal!"

BÜCHER VON ANNA

DEUTSCH

Treasure Hunter Security
Verlorene Oase

Verlorener Tempel

Norcross Security
Der Ermittler

Der Troubleshooter

Der Spezialist

Der Bodyguard

Der Hacker

Der Drahtzieher

Der Detective

Der Lebensretter

Der Beschützer

ENGLISCH

Fury Brothers
Fury

Keep

Burn

Also Available as Audiobooks!

Unbroken Heroes

The Hero She Needs

The Hero She Wants

Also Available as Audiobooks!

Sentinel Security

Wolf

Hades

Striker

Steel

Excalibur

Hex

Also Available as Audiobooks!

Norcross Security

The Investigator

The Troubleshooter

The Specialist

The Bodyguard

The Hacker

The Powerbroker

The Detective

The Medic

The Protector

Also Available as Audiobooks!

Billionaire Heists

Stealing from Mr. Rich

Blackmailing Mr. Bossman

Hacking Mr. CEO

Also Available as Audiobooks!

Team 52

Mission: Her Protection

Mission: Her Rescue

Mission: Her Security

Mission: Her Defense

Mission: Her Safety

Mission: Her Freedom

Mission: Her Shield

Mission: Her Justice

Also Available as Audiobooks!

Treasure Hunter Security

Undiscovered

Uncharted

Unexplored

Unfathomed

Untraveled

Unmapped

Unidentified

Undetected

Also Available as Audiobooks!

Oronis Knights

Knightmaster

Knighthunter

Galactic Kings

Overlord

Emperor

Captain of the Guard

Conqueror

Also Available as Audiobooks!

Eon Warriors

Edge of Eon

Touch of Eon

Heart of Eon

Kiss of Eon

Mark of Eon

Claim of Eon

Storm of Eon

Soul of Eon

King of Eon

Also Available as Audiobooks!

Galactic Gladiators: House of Rone

Sentinel

Defender

Centurion

Paladin

Guard

Weapons Master

Also Available as Audiobooks!

Galactic Gladiators

Gladiator

Warrior

Hero

Protector

Champion

Barbarian

Beast

Rogue

Guardian

Cyborg

Imperator

Hunter

Also Available as Audiobooks!

Hell Squad

Marcus

Cruz

Gabe

Reed

Roth

Noah

Shaw

Holmes

Niko

Finn

Devlin

Theron

Hemi

Ash

Levi

Manu

Griff

Dom

Survivors

Tane

Also Available as Audiobooks!

The Anomaly Series

Time Thief

Mind Raider

Soul Stealer

Salvation

Anomaly Series Box Set

The Phoenix Adventures

Among Galactic Ruins

At Star's End

In the Devil's Nebula

On a Rogue Planet

Beneath a Trojan Moon

Beyond Galaxy's Edge

On a Cyborg Planet

Return to Dark Earth

On a Barbarian World

Lost in Barbarian Space

Through Uncharted Space

Crashed on an Ice World

Perma Series

Winter Fusion

A Galactic Holiday

Warriors of the Wind

Tempest

Storm & Seduction

Fury & Darkness

Standalone Titles

Savage Dragon

Hunter's Surrender

One Night with the Wolf

For more information visit www.annahackett.com

ÜBER DIE AUTORIN

Ich bin eine USA-Today-Bestsellerautorin für Liebesromane. Meine Leidenschaft sind Romane, in denen es an Action nicht mangelt, Science-Fiction Platz findet und auch die Liebe nicht zu kurz kommt. Ich liebe es, über Menschen zu schreiben, die entgegen allen Erwartungen die schwierigsten Situationen lösen und sich beim Erreichen ihrer Ziele selbst übertreffen.

Ich lebe mit meinem eigenen persönlichen Helden und zwei sehr aktiven Söhnen in Australien.

Für Erscheinungstermine, einen Blick hinter die Kulissen, kostenlose Bücher und andere tolle Goodies, melde dich hier an und verpasse nichts mehr: www.annahackett.com